慢得刚刚好的生活与阅读

姑娘，开家自己的风格小店

蒋瞰 —— 著

化学工业出版社

·北京·

图书在版编目（CIP）数据

姑娘，开家自己的风格小店/蒋瞰著. —北京：
化学工业出版社，2021.1
ISBN 978-7-122-38061-6

Ⅰ.①姑… Ⅱ.①蒋… Ⅲ.①随笔—作品集—中国—当代 Ⅳ.①I267.1

中国版本图书馆CIP数据核字(2020)第246133号

责任编辑：张 曼 装帧设计：今亮後聲 HOPESOUND·王秋萍
责任校对：张雨彤

出版发行：化学工业出版社（北京市东城区青年湖南街13号 邮政编码100011）
印　　装：北京宝隆世纪印刷有限公司
710mm×1000mm 1/16 印张14 字数300千字
2021年10月北京第1版第1次印刷

购书咨询：010-64518888　　　　　　　　售后服务：010-64518899
网　　址：http：//www.cip.com.cn
凡购买本书，如有缺损质量问题，本社销售中心负责调换。

定　价：78.00元　　　　　　　　　　　　　　　　版权所有　违者必究

○ 序 赵岩欣，原《上海壹周》主编

没人愿意闲下来

蒋瞰写了本关于小店的书。她写了很多独立的"她"的故事。她仿佛要安放她的焦虑。一种搅得她心慌的焦虑。

蒋瞰的焦虑源自她闲不下来，狮子座的天赋让她需要保持高节奏，保持忙碌，保持在每天的工作和社交流转中感知自我。小店的女主人们就像是蒋瞰向往的分身，知性、执着、忙碌而独立。所以当蒋瞰说她写了这样一本书时，我心想："这真的就是你最应该去写的书啊。"

知道蒋瞰是很多年前，我所在的报社在浙江设立了编辑部，她是特约撰稿人，所以常常地，我在签版面时会看到这个名字。认识蒋瞰是在后来，我离开报社后为一家企业服务，同事组织活动，她是嘉宾，相互一介绍，熟络如故人。大约是因为最初那张报纸的缘分。

早年那张报纸就曾经十分关注小店。我们喊，大城要有小店。大约坚持了十几年的光景，"小店"一直是我们最有特色的内容之一。那时，写小店的是一位叫俞菱的姑娘。她专注于此，术业专攻，离开报社后还由此做出了自己的创业项目。她在报社时出了好几本关于上海小店的书，最后三本都由我担任主编。这大概也是蒋瞰邀我为她的书写序的原因，她觉得我熟悉小店。

但其实，我熟悉小店是因为我曾是一个要死要活的逛街爱好者，消费主义的践行者。有一段时间，当品牌店无法满足我快速膨胀的个性化消费欲望的时候，我就踏遍小店。所以，我看小店，只是"顾客的视角"。对于好与不好的判断，来源于我作为顾客的体验。顾客的爽点，是在某一个瞬间达成的。

蒋瞰不一样。她试图用她做过记者又在杭州操持过小店的经验，与这本书中写到的所有女主人一起，建立起关于小店的"主人的视角"，帮助我们了解店面样貌和特色商品背后的来龙去脉。这既是一场对于当下流行的小店网红主义的祛魅，也是一次对于"开一家小店好文艺"的理想主义的拆解。不管多么文艺时髦的小店，它的主人都要吃饭养家，都要付房租发工资。店主人的喜悦，是需要时间来验证的。

视角的不同，使得这本书与很多写小店的书有了特别大的区别。就像蒋瞰写道："……主人都是女性，一到店里，她们就能瞬间变身，十八般武艺样样精通……"她关注的点是人本身。有了真实鲜活的人，才会有真实的小店。当别的小店书的作者将各种设计和美好展示在人前时，蒋瞰关注的，是什么人以什么样的努力造就了这一切，她们受了什么苦，她们为什么坚持下去。

不知道什么是苦，甜就没有意义。

这本书里，有很多类似"面对定价""面对成本""如何营销""如何招人"的话题。似乎蒋瞰在心里操练着一家"万全的小店"，然后和书中所写到的女主人一起，让这家小店完整起来。所以我说她闲不下来。在心里构建一家理想的小店，设想怎么设计、和谁合伙、怎么开张、怎么经营，能让蒋瞰平静下来，不焦虑。这成了她的正经事之一。

但其实，很多人都和蒋瞰一样。人闲下来了，心不能闲下来。不然就空落落的。要做点儿有趣的事情，做点儿自己认为有意思的事。哪怕只是准备着，不停想着。

祝所有闲不下来的人，看了这本记录了一群"自找忙碌事"的女主人的故事的书，心情愉快。祝大家被蒋瞰的文字"勾引"，越来越闲不下来。

○ 自序

在日本旅行，大多数时候没什么目的，光是流连于街边的小店就觉得非常美好。那些动辄几十年、上百年的餐厅、书店、花店、咖啡馆，珍藏了好几代人的回忆。而店主们对美感的专注、坚持，以及独特的经营之道，成就了我们推崇的"职人精神"。

大概是受了这种审美的熏陶，回国后，我发现，开店风潮终于吹向个人特色，讲求个性的生活风格了。出去走走，不少有意思、有故事的小店，就在身边。可能不是所有人都了解，但它们确实拥有一批固定的拥戴者。这在某种程度上，是顺应"社群"趋势的。

在这本书里，我们探访了咖啡馆、花店、餐厅这些相对传统的实体小店，意外发现咖啡馆已经分支出了"工作室"这一流派，而餐厅和花店也可以完美融合；我们还探访了像"果篓"这样的新兴健康蔬果汁小店，它身上还有"文创"的标签，又是街区激活的推动者；作为网络时代的生存者，我们特地选了两家卖出自己风格的线上小店，试图挖掘一下在没有了地域、空间限制后，小店的经营之道发生了什么变化；当然，线上线下结合也许是一个好办法，我们可以看看茶画家的茶叶店和暖妈的母婴店是怎么运作的。

小店不比企业，不以"量多取胜"打入市场，代之以充满创意的手工限量物

件取胜；小店不比连锁公司，个人风格代替了不出错却没什么意思的"标准化"。不变的是真诚的待客之道。

和家族几代人守着一家小店略有不同，我们的小店大多是初创，主人因为机缘巧合开了这家小店，图的是自由、抒发，或是更宏大的愿望，她们相信努力和真诚，享受一切尽在掌握的稳妥。

当然，小店能成功在于它的小：小而美，小而精致，船小好调头。致命伤也在于它的小：太小了，营销没费用，资本平台看不上。她们需要主人一一去摆平。

这些小店，还有一个共同点，主人都是女性，一到店里，她们就能瞬间变身，十八般武艺样样精通。我们无意于拿性别说事，只是想看看，那些鲜活的她，如何为小店注入自己的魅力，又是怎样平衡恋爱、生活、家庭和其他突如其来的琐事的。

那就走吧，一起去探店，和女主人聊聊。

姑娘，开家
自己的风格
小店

目录

第一章

茶画家 / 001
我能做的是为你做一份茶礼

第二章

Delleen / 025
做你常穿的那双鞋

第三章

Cakeyao / 041
吃蛋糕其实是一种场景消费

第四章

愚木花园 / 061
用鲜花治愈生活

第五章

果篓 / 083

遮风避雨喝果汁

第六章

Quarter café / 107

好吃的咖啡馆

第七章

Cy 工作室 / 127

公寓楼里的咖啡香

第八章

女巫和她的绵羊米娅 / 147

我还戴着口罩呢，
你的衣服凭什么让我动心

第九章

暖妈宝贝 / 173

一款新西兰婴儿产品引发的故事

第十章

小筑里 / 189

冗长生活里请赐我一个神秘
浪漫的花园餐厅

第一章

茶画家

我能做的
是为你做一份茶礼

品　牌	茶画家
品　类	茶叶
女主人	桃桃

圈点之处

- 每一份茶叶都是礼物
  每期茶叶都有主题、刻字印章，和一个"我和茶叶"的故事

- 次次卖光
  只做小产量精品茶

2016年3月下旬，已经辞职一年多的桃桃去成都参加好朋友宁远"远远的阳光房"六周年发布会。刚下飞机，就接到朋友Landy的电话。Landy有一家室内设计公司"野木1978"，她说刚找了个房子，就在桃桃上次看过的房子旁边，还有个院子，问桃桃要不要一起。桃桃说"好"，尽管她根本没看房子，连照片都没要。

这个房子就是现在位于东信和创园的"茶画家"，和朋友野木共用院子和客厅，对外开放参观；楼上两人各一间工作室，互不打扰，虽然也设想着可以串门，但事实证明两人可以一周都不见面。租房子、签合同、装修，桃桃什么都不管，只管最后付钱。她也不去过问中间的细节，包括每年上涨的租金。

"你愿意相信身边人，自己就会省力很多。"在"拎包入住"后，桃桃只简单操持了一下室内摆设，挂挂画儿，放放茶叶，摆摆茶具，就整饬出了一个雅致的茶画家。

这时，距离"茶画家"这个品牌创立已经过去了三年。三年里，"茶画

家"一直是个线上淘宝店。桃桃用她非常个人化的方式,把茶叶这个日常又玄妙的生意做得文艺且不失烟火气。也因此,线下店一开,粉丝就来了——

"桃桃,楼下有人找你,说是你粉丝。"小伙伴经常就这样跑上来,轻声呼唤在楼上工作室干活的女主人。

"我还没洗脸没洗头啊!"桃桃心下一叹,"精心打扮的时候,没人来;一懒,来人了。"

茶画家的茶特别好喝吗?或者应该问,茶画家的茶好喝在哪里?

应该说,桃桃赋予了茶叶独到的理解,而这种诠释,不是附庸风雅生搬硬套的。

有人问她的龙井茶好在哪里,她实事求是地讲,自家老茶树每年都在清明前后几天才发芽,采摘炒制后的色泽比市面上其他家的一般的龙井偏黄一点儿,有时又偏绿,叶形相对要瘦,口感则更醇厚一些。没有一个生僻字眼,不使用让人难以理解的形容词。

有人让她对比,有着"茶中香槟"之称的凤庆野生滇红和南糯山红茶,哪个更好?

她会说:"诚如每个人都无法看全自己,钟爱南糯山红茶三年的我,也突然爱上了野生滇红,是因为它具有新恋情一般的诱惑力。南糯山红茶中庸、沉稳、其貌不扬,与野生滇红的'愉悦香槟'比,好像没有什么值得人眼前一亮的优点,也是,经历了丰富精彩的人生,谁能习惯平淡的生活呢?"

茶没有高低,是你心里有高低。

走心，谁不为之倾倒呢？

她把这些，用文字表达了出来，在公众号沉甸甸的图文里，在一本叫《我能做的，是为你泡一杯茶》的书中。而最近，写作热情尤高，似乎更高阶全身心享受"卖卖茶，写写东西"的状态。

如果没有文字，又该如何表达茶呢？用文字来诠释茶是一件自然而然的事。而文字，在任何时候都是必需的表达途径。

"如果没有写作，茶叶不太可能卖成现在这样，除非我有其他的运营方式，但我真的不会运营。"也因此，桃桃觉得，女性更适合做这件事。

身为女性，在做创业者或者老板的时候，多数时候都很享受。她把这个工种用几个关键词概括了出来：需要长久投入，要具有穿透性和耐力，能够沉浸式输出。

而茶，恰好是水般柔情，自然流动，女性显然更贴近这一特性。女人天性渴望亲密交流，所以能和人做更深层的沟通。

至于工作和生活如何平衡，在桃桃看来简直是一个伪命题。

有一年，她花了很大力气做了一批白瓷茶器。小时候走夜路，唯独雪夜不怕，有一种被白色包围的温暖。长大后，她想传递这种温暖，并表达自己理解的东方美学。做完后，她把茶具送给那些她称之为"孤独而皎洁"的人，也放在"茶画家"空间里给客人和自己泡茶喝。

你说，这是工作还是生活？

工作本身就是生活的一部分，喝茶、吃饭，好看的器皿，珍贵的茶叶，你享用它、记录它、传递它，又怎么辨得清哪些是工作，哪些是生活？

桃桃大学学的是广告专业，毕业后在广告公司上过班，辞职后开过摄影工

作室,晃荡了一年后,全职做"茶画家"品牌。如果问自己做老板和在别人手下干活有什么区别,桃桃笑说,反正都要上班。

在"茶画家"这个线下实体空间被打造好之前,桃桃居家上班了三年。

不喜欢街边小店或写字楼,前者太贵,后者硬邦邦缺少人情味;原本因向往日本职人工作室而选择的居家办公也给她带来了不小的困扰:房东总要卖房子,使得生活和工作极其不稳定;而家,总归是个私人生活空间,不方便会客见人或和客人共度品尝好茶的下午。机缘巧合下选择了离家较近的园区,尽管她最初很是抵制园区,觉得大家都是闭门造车,谁也看不上谁。

比起工作地点,大多数工作,都是"合作",因此,还得看人。

人和人的相处是一份工作能不能长久的决定性因素,所以现在,桃桃是她手下四位员工的"天使老板"——同层级同行业里,桃桃给到了最好的福利。当然,员工也给足了回报。

这是一家奇特的店,包茶、泡茶、学茶、客服、文案、寄快递,所有的活儿都是人工交叉运作，每个人都要做，而非流水线。这也是桃桃自创的工作方法，是她试过后觉得最适合"茶画家"的节奏。

而自己当上老板，尝过个中滋味，也会怀念上面有老板的日子，时而大叫："我不想当老板啦，好烦啊，谁爱当谁当！"

人活着就是这样，羡慕一下别人再感叹一下自己，然后迅速矫正。

大多数时候的桃桃都乐观、活跃，只要看到她，仿佛这世上就不存在什么难事。她坐在"茶画家"一楼的茶台上，静静地泡着自己喜欢的南糯山，让茶汤流淌，慢慢变淡。

她一直认为，真诚的、好的商业，本质一定是美好的，是能推动世界进步，增进人与人之间的了解。生意，完全可以做得更高级一些。

"虽然我是个卖茶叶的，但我也是有情怀的。"

所以，会有那么些微小的时候，尤其是黑夜来临时，桃桃说自己很悲伤：自然的产物就是有天生的变动啊，为什么你们只接受永远不变的东西呢，一泡茶的味道永远一样吗？

可是，天亮了，眼睛一睁，来吧，新的一天，我爱你如初。

独家策略：和父母合伙

桃桃出生在茶园，爷爷做了大半辈子茶，把最爱的这片茶山留给父亲，父亲和母亲大半辈子都在操持这个茶园。但她却说，直到32岁，眼睛里才真正看见了茶。几年前，村里组建农村茶叶合作社，有经验的茶人专门负责茶叶的种植、养护、品鉴、审评等前端工作，桃桃就直接从中拿茶叶去卖，相当于父母是她的前端生产合伙人。

按照中国人的理解，父母家的也就是自己家的，事实上，桃桃父母也是这么想的，父母家的茶叶就是茶画家的库存。突然有一天，桃桃领悟到，让父母更大程度地参与这件事吧。于是，茶画家品牌独立核算，桃桃每个月给父母发工资。

钱算不上多，但桃桃认为让父母老有所得是一个很有滋味的尝试，这是对老年人勤奋工作、努力生活的鼓励和肯定。尤其是，当你没有太多时间陪伴他们的时候，金钱可以是一种安慰方式。

小心思：是茶叶，也是礼物

凡是收到过茶画家茶叶的人，都会有一种惊喜感：这是一份用心的礼物，包装、卡片、文字都舍不得丢掉，它们和茶叶本身一样珍贵。

重视体验，重视客人收到礼物后的心情，是桃桃自创的营销之道，也因此，早年她有一个"礼物美学家"的称号。

有一天，桃桃突然好奇：大家都在喝茶，那他们知道茶叶的前世今生吗？有没有一种可能，让客人们在一个包裹里收到茶叶的过去呢？于是她钻进了茶园，收集了茶叶树枝、果子，将它们剪齐、洗净，和茶叶一起寄了出去。父母还用"三十多岁的女人钻进钻出"来形容那时候她的痴狂。

还有一次，圣诞节前，杭州下雪，桃桃去朋友家喝茶的时候发现门口的雪松被压断了枝，墨绿油润的松针，可爱至极，就向朋友借了剪刀剪了一些，又找到了附近小树林里长着果子的树干，是萧瑟冬日里的芥绿色。回去后，桃桃用松枝和松果，还有尤加利的树叶，包裹着两瓶敦厚老实的布包茶食，再抄

写上朋友发来的信,做成一份独一无二的礼物。

也有朋友喜欢她用复古大印花棉布,或是暗紫红棉麻布包装的茶叶附以小红印章、牛皮绳。灵感源于小时候的大花布,谁家有喜事了,妈妈就会找出一块盖在篮子上,里面放着鸡蛋、糖果,喜气洋洋的。

手书也是"茶画家"的一大特色,荷花信纸上亲笔写上"希望我们是彼此想起就觉得美好的人,愿你每次抬头就能看到星空"。见字如面。

不过现在,礼物的形式发生了一点儿变化。

"的确，那时候我觉得好光鲜啊，还应邀办过礼物展，你看我多棒，多有想法，能做出这么棒的礼物！"桃桃承认那时候的膨胀，"但是，做礼物变动性太强，自然在流动，材料会缺。"

调整过思路的茶画家现在渐渐从具体形式转移到情感投入上来。小小的一罐龙井茶，每个袋子都配一枚夹子用来密封，不用担心受潮。主题词全部手书，比如春天的时候，就有"春风又一年""小饮春""良友如暖风"等，再刻一枚"一期一会"的小红章，将物质慢慢转到了人与人之间的关系上来。

礼物的形式千变万化，本质不过是一种挂念和关心。

无论做成什么样的礼物，都需要投入时间、精力和爱，遵从内心，遵从手工精神，不试图倡导某种生活方式，也不刻意攀附美学意味。你投以真情，投以温柔的理解，这份礼物寄托这份情义，它才特别。

定价的故事

定价是一门艺术，基于品质之上，不能只看单一的成本。

桃桃从自己的消费习惯着手——这东西值，我就买，不管成本，至少我觉得它能给我带来这个价钱相应的感受。哪怕以后看到同款但更便宜，也没关系，我在那个时刻，从这位主人这里，得到了不一样的体验。

作为一家小众工作室，出售优质茶叶、持续输出优质内容，是创店以来一直在做的事。合理的利润是必要的，它支持桃桃继续走下去，不断做出更好的产品和内容，回馈客户。

容易忽略的一点是，每个人对价格的敏感度不一样。一个人过往的生活经历、购物偏好、价格承受度等,都决定了他会选择什么。某种程度上,定价和客户是相互选择的关系。

所以桃桃几乎不去比价,也很少关心别人的茶叶,价格是很玄妙的东西,而"茶画家"只服务那些和女主人心灵共通的人。

如果有人说贵怎么办?

320元50克头采龙井、225元半斤装古树熟普、1550元一斤大红柑……也有人说贵。

"要在过去,我会觉得,那是你的问题,"桃桃说,"现在不这么认为,尤其疫情期间,我看到很多人都面临着停工停产没有收入的困境,但我们还在卖茶,有一种罪恶感,朋友却说,恰恰相反,人人都要生存。"

"我们从来不想获得一种评价,说这家的东西很便宜。不是这样的。我希望客户能买到他喜欢的茶和器皿,并能有好的使用体验。这就足够了。"

员工都是粉丝

茶画家品牌现有四位全职员工,第一位和茶画家线下空间同期进来,以后每年进一个,一直到

现在。

这几位员工都是茶画家的粉丝,关注了品牌很长时间,本身对它有高度认同,也省去了桃桃的反复灌输。

"她对你暗暗观察了很久,才会对你下手的哦。"桃桃说。

也有人说,粉丝来做员工,会不会不太好,可能会因太过迷恋老板而丧失自我。桃桃觉得,一个好的员工首先应该是一个心智成熟的成年人,需要有非常清晰的自我认识,避免"幻象",投身真实的工作中。同时又要具备足够的耐心去磨合,毕竟这是一项繁复的工作,尽管看起来很美好。

最好的营销是认认真真做内容

"虽然我是学广告的,但我本能不会营销。一直在违背主旋律,不太喜欢用大家都在用的方式。"看过"茶画家"公众号的人也会发现,她洋洋洒洒,甚至不排版。

她的营销心得只有一句话:认认真真做内容。

2019年年底,"茶画家"策划了一场"买茶送书"的活动——用一本书陪你度过漫长冬日。说不上有意营销,只是桃桃觉得,这几年,除了工作积

累，自己从阅读中受益很多，既然"茶画家"这个品牌想传达人情味，何不让客户也一起分享好书呢？临近春节，又为至尊VIP送了三本书。而这一年春节，突如其来的新冠疫情让所有人不得不宅在家，她发起了微信群共读的集体活动。

"这辈子收到过最好的新年礼物""疫情期间还好有茶喝有书读"，客人们的反馈，让她觉得，那一刻，这里就是一个乌托邦。

心得之一：和客人做朋友

如果单纯从商业角度来说，线下店肯定是一笔划不来的生意。桃桃和小伙伴也笑称，楼上（工作室）死命赚钱，楼下（展示区及会客区）拼命花钱。但是，卖茶叶是一件流动的事，不只是"茶叶寄出去，钱进支付宝"这么简单的过程。

有一次，一位在北京的老客户来杭州出差学习，就想着来看看茶画家，特地准备了很多字画。来到茶画家空间，这位客人惊呆了，说原来有这么大，因为平时看照片都只有一张桌子、一盏茶具，以为是一个逼仄的小空间，就迟迟不好意思来打扰。两人聊了一下午，聊得很深也很多。

还有一次，圣诞前，在南京的朋友坐动车到杭州，她先生从北京飞来，两人把在杭州的见面地点约在茶画家。起初先生还表示很疑惑，为什么会约在这里？直到喝完茶画家泡的岩茶，夫人告诉他："这几年，你喝的龙井，都是这里的。"此时，已经一个下午过去了。

这也是不知不觉形成的茶画家的接待规格——很少有"聊一下"的，基本都是"聊一整个下午"。除非，桃桃真的太忙了，那她一定会赶人。而且，必须自己赶，不能靠使眼色，"万一没有默契呢？"

有一回，有个朋友，大老远给桃桃来送一个特别高级的杯子。恰好那几日是茶画家特别忙碌的时候，聊到一半，桃桃只好说："兄弟啊，我得赶紧走了，我的活儿多得堆不下了，你也赶紧走吧。"

因为这种直接和不加掩饰，对方根本没有生气，表示理解后就起身走了。对桃桃来说，凡事说开了就好，让你看到我不好的一面，我们才可能成为好朋友。当时可能会难过一下，但是一再给机会的话只会把自己累死。

"我对人好，但我从不去刻意营造我很好的假象。"桃桃说。

心得之二：少计较

面对成本

都说做生意的人怎么可以大条呢？仿佛生意人就该天天看报表、算数字。桃桃自认为在这方面特别随缘，从签租房合同开始，到每年涨租金，她觉得，能少管一点儿都是福。

"出去的多，说明进账的也多"，桃桃很少去计较每天人力、水电、员工餐这些成本。

面对质疑

质疑是避免不了的，能调整的是自己的心态。过去，桃桃和很多人一样：谁质疑就不想理谁！你质疑我？那是你不懂。

这些年，她开始想通，客人有质疑，代表产品有新的切入机会，主人也就有出口去表达和解释，反而能够避免误会和更多质疑，是一件好事。如果一家店，这么多年来都是百分百好评，也不可能呀。

没关系，心态的转变也是一个过程，正视它。

面对灾难

举个例子。2020 年春，江南大降温，3 月底下雪。3 月 31 日，桃桃家送回了所有采茶工，比往年提前了一周。作物收成少了，进账自然也就少了，但是桃桃不认为这就是"亏了"——反正大家都一样。

除了少付采茶工工钱，天灾也让桃桃家赚到了时间。桃桃感觉自己和妈妈的状态都很好，脸色红润的妈妈也会说："茶叶少啊，安心。""不着急"这个状态对常年辛劳的一家人来说特别好。少赚点儿，压力也小一点儿。苦中作乐，其实是一门生存技巧。

Q & A

○ 今年是开店的第几年?

有茶画家这个品牌八年了,全职做到今年是七年整,2016年开了线下实体店。

○ 如何找到房子的?

2016年刚出差到成都,好朋友Landy同时也是野木1978(家居店)的创始人给我打电话说:"找到一个房子,就在你上次看的旁边,还有个院子,要不要?"我没打算为此飞回去,连照片都没看,就说"好"。我们共用公共区,工作室各一间。

○ 小店总面积是多少?

主体部分楼上楼下差不多240平方米,前后还有两个院子,前院至少150平方米,后院80平方米。

○ 房子改造/装修用了多长时间?

2016年4月1日租下房子,中间恰逢G20峰会,装修延迟了,2016年12月开业。

○ 室内设计师是谁？

野木 1978 本来就是专业做室内设计的，所以都由他们包了，我只管付钱。

○ 线上和线下营业额大致配比如何？

基于我们在园区，位置比较偏僻，线下微薄的收入几乎可以忽略不计。

○ 如何面对资本/大平台合作？

走到今天，其实特别孤独。虽然也有一些好的平台来找过我，但是，特别大的订单也会让我很疲惫。本来我们就特别小众，而大平台和我们合作图的是"利"吧，我觉得，没有稳定的大产量支撑，还不如不要做，这点我没有冒险精神。

○ 如何面对加盟/连锁？

生命的本质就是可以复制的，有生命的品牌也是能被复制的，所以，连锁很好；另外一种商业则纯粹基于创始人，就是可以流传下去做百年老店的。

有很多客户问我是否能加盟，从商业上看当然是好事。但是，他们看中的是什么？如果你觉得核心是茶画家的人情味，那我把产品都给你，你也做不到啊。所以，加盟、连锁还是一个人走到底，最终看彼此想要的是什么。

○ 一句话经营之道？

美美与共。（解释一下：共情是经营中最重要的一点，由己及人。）

○ 疫情对小店影响大吗？

还行，喝茶的人还是继续喝茶。

○ 今后三年有什么打算？

现在的茶画家不是传统茶室，更像是思想交汇的地方。我希望能有一个自己的画廊，有书和茶，是现代的流动空间；另外一种就是深夜食堂，城市街角一家小小的茶店。三年短了些，这是终其一生都想达到的状态。

○ 对同样开小店的人有什么建议 / 忠告？

如果还没开，那我劝你不要冲动。有些人开店只是想要用一件事情证明自己，那就去开，不试试怎么知道呢？一旦开始，任何事情都会发生，都得接着。

如果已经开了店，时间已经花了，记住，每天都不可能重来，所以，好好经营自己。

很重要的一点是，要把客户当朋友，说真话，不要试图隐瞒，这个世界是圆的，有一天你会回到原点，一切都白费。挣干净的钱，尊重客人评价的权利。

最后，店开成什么样不重要，开心最重要，做个干净快乐的人，持续分享你感悟到的价值，时间过去了，店倒闭了没关系，你的感悟分享出去了就已经很棒。

第二章

Delleen

做你常穿的那双鞋

品　　牌	Delleen
品　　类	女鞋
女 主 人	声远

圈点之处

- **不磨脚**
  平底鞋不磨脚几乎不可能，哪怕让老的工匠来出场。但是 Delleen 花了三年研制出了"独家秘方"。

- **不压货**
  只要声远决定卖的鞋，几乎都会在限定时间卖空，不留库存。

　　声远卖鞋绝对符合她双子座的性格，不能说是欠考虑，但也绝对算不上前后估量成本测算确保万无一失的那种。

　　和很多女人转型的契机相似，声远也是在生完孩子后，发现咨询公司那种三天两头要出差的工作不适合自己。作为女性，天生要肩负起家庭的担子，尤其面对自己亲生的娃，还想要兼顾职场的话，那么，最好不要上班，不做那种朝九晚五打卡开会的工作。

　　这时，一个家族做了三十多年鞋子的"鞋二代"朋友说起传统行业在互联网时代受了很大打击，生意萎缩得厉害，让声远动了尝试一下线上零售的心思。最主要的是，朋友放话"你说了算，我只提供鞋"，光这一点就直击声远的痛点——没有什么比拥有广阔天地更重要的了。

　　声远出身"名门"——浙江大学心理学硕士，这个标签让她在转型前的乐趣都集中于为企业进行消费市场、目标群体研究，分析市场行为，研究用户反馈，算是贴近消费端。这也让她发现，互联网企业差不多都以解决客户问题为出发点，没有太大的负担和顾虑，所以能发展成功；相对而言，传统企业的包袱就会很重：固有经验、品牌形象、不敢冒险，而且经销商之间存在的竞争让经理本能地过滤市场信息，这些都导致传统企业很难一门心思做到以用户为中心。

"我想试试，传统企业也可以以用户为中心。"这就是声远最初的想法。就好像，一个学习了诸多育儿理论知识的妈妈，急于有个自己的孩子，好尽快实践。

老公继续外出工作，声远辞掉原工作，全职卖鞋子和管孩子，偶尔需要出差，家中也相安无事，算是平衡得还不错。要说，就是时刻得握着手机。

创立并注册品牌并不难，只要识得几个字，再讲一个有点儿情怀的好故事。Delleen 含义为"重构"，重构高品质生活，打破目前优质商品被奢侈品牌垄断的市场格局，让商品回归价值本源，中文名则是谐音"德苓"。

关键是做什么样的鞋子。声远每天翻各种店铺，她很清楚地认识到，自己不是名人，无法靠写写公号、出镜试穿吃喝带货；她的鞋也不像百年老牌那样在人们心中有着不可撼动的影响力。

在她看来，鞋子是一个"时尚＋实用"的用品，好看是肯定需要的，穿上去动起来也要舒服。

"我自己就是一个穿不好鞋子就会焦虑的人，看着地上一堆的鞋子，我需要一双好看舒服又能少顾虑，并且能搭上我这身衣服的鞋子，毕竟我不能天天穿运动鞋啊。这是我的痛点，那也肯定是大家的痛点。"

从解决问题的角度去卖东西，就是互联网思维，而这样的思路也会让人在做生意的时候更有底气，也更诚实。

声远便随机抽取了一些熟悉的朋友作为首批定性研究对象，每个人的七嘴八舌她都记了下来，无非是——

"买的时候觉得好看，回到家就供了起来再也没穿过。"

"同一家店里，第一次买很好，后来就不行，又得重新找店，浪费了很多时间。"

"试穿的时候还算舒服，走了几次就磨脚了。"

"我不能让消费者碰运气买鞋。"这是声远对产品进行定位的初衷。尽管很多人确实认为，买鞋，就是在碰运气，毕竟，哪怕你去实体店，试穿时候的良好脚感并不代表长久的舒适；而平底鞋想要不磨脚本身又是一件难上加难的事，这和大牌、高价关系不大。

只有解决了用户问题，这门生意的基础才会扎实。

这个时候，Delleen 第一款乐福平底鞋面世，有 8 种颜色。羊皮面料，颜色明媚，一脚蹬，方便舒适，裤子裙子都可搭配，走路开车旅行百搭，一下子成了爆款，"不舒服就是时尚的暂停键"这句不算口号的口号让声远团队有了信心。

好搭，其实就是帮人节省时间；再配上好看、好穿这两个鞋子的基本要素，不少客人连买好几双自己穿或者送人，或者是买过几双后再来集齐别的颜色，简直是盛况。如今这款鞋已经在店铺下架，回过头去看，声远说，这款鞋特别能反衬出无知者无畏的精神，唯一的问题大概是定价略高，699 元一双。

后来，熟悉 Delleen 的人都知道，陆续面世的不同款型的乐福鞋，一直是店里的常备款，"向经典致敬"也是声远在尝试互联网卖鞋背后的情怀，这种没有鞋带、套进去即可的鞋是正式通勤外的另一种选择，是可以常穿的鞋。

可以常穿的鞋，一定拥有高级的脚感。

脚感这个东西，说到底是抽象的。听过很多人表述好的脚感，最多的用词是：软、能跑步。但是，若不是运动鞋，这个标准其实会有问题，比如，Delleen 做过一款乳胶垫鞋，头几天都说好软好舒服，可是一个月后就瘪了，连走走路都累。

为了让每一双鞋都拥有高级、舒适的脚感，声远没少和工厂磨合。

"我不敢说男人就做不好这件事，也不想用性别说事，但女性天生细腻，擅于以情理动人，而且我也比较能磨，不给我做好，我就天天盯着你。"声远不认为自己是女人就能撒娇耍赖，好好讲道理比什么都重要。而这些坚持，也是 Delleen 三年以来始终面临的大问题——上新很慢。这种慢，也让声远很诚恳地认定没有投资方会喜欢她这样的。

但是，脚感就这么重要吗？

"不是说我要去学人体力学了解我的脚应该是怎么样的，但我要知道什么是高级的脚感。就像我不需要成为大厨，但我得知道什么是好吃的。"声远说，"不能让客人在我这里买鞋子是在撞运气，第一双是舒服的，再买一双却是磨脚的。"

对于声远的执拗，一开始大家都笑：人家做鞋都做了三十多年了，这世上怎么可能有不磨脚的鞋？更别说平底鞋了！

如果你在 2018 年穿过她家的编织鞋，就知道，脚感被找到了。那双现在已经绝版了的编织鞋，可以暴走可以散步，可以配正装也可以当拖鞋，永远是一脚蹬。这款鞋子确实为她赢得了极好的口碑，不过她也笑称自己错失几百万元，因为一个工人一天只能做三双。

但好歹是有了成功案例了。

鞋子好穿的秘诀都在楦。鞋楦是鞋的母体，是鞋的成型模具，又叫作鞋撑。鞋楦不仅决定着鞋的造型和样式，更决定着鞋是否合脚，能否起到保护脚的作用。因此，鞋楦设计必须以脚型为基础，每个人脚部的形状、尺寸、应力等都有不同，这就需要许多不同规格的鞋楦。Delleen 的秘诀就是专属鞋楦，就像"秘制膏方"那么神奇。

Delleen 团队人不算多，文案外包，以前公司里的小妹妹负责日常行政，是一个"7×24"在线的优秀员工，合伙人管仓库供应链。其他的事情，声远自己上。

比如，她要决定每年要上新的鞋。

一般 10 至 20 种。客户适合穿什么鞋，能搭她的衣服，今年的流行要跟上，编织、流苏还是镂空。让供应链找工厂，开楦，有标准有参考，鞋子回来后验货再销售，算是一个完整的流程。

大量看图，找资料，对着手机和电脑，声远发现最近视力下降得很厉害。她最大的感触是：女人，无论什么时候，都要对自己好一点儿，身体一出现状况马上休息，而不是将毛病积累起来。

再如，为每双鞋的拍摄策划脚本。

一开始找了个专业的朋友，但因执拗于鞋的脚感需要无数次和工厂磨合，导致产品无法按计划到货，达不到朋友"一个月一次拍照，一次性拍完"的要求。声远索性自己上手，策划场景，编排搭配。

这种全盘考虑和对美的审视，大概是女性天生的能力，如果换成一个直男老板，大概还得雇佣一个女策划。

声远承认，中国的鞋业设计师不多，而我们也始终无法处在引领的段位。她最喜欢意大利的鞋，线条流畅，大气清爽，有高级感，审美贴近东方人的标准，脚感也很不一样。每次去意大利，声远都会花血本带几双回来研究，或者给工厂师傅看。

她去学了配色，因为不同颜色可以代表不同的感觉，所以才有了销量王——柠檬黄的乐福平底鞋，特别提气，就算阴天也能让人为之一振；还有浅灰鞋身和玫红色尖头的搭配法，很衬气色。这是大多数忙碌、疲惫的现代人特别需要的。

小计谋：买一双寄两双

为了节省人员成本，以及直接接触客户数据，声远自己就是客服。无论淘宝还是微信群里，她都是那个耐心解答的人。而在这三年多的解答里，她发现，很多人不知道自己的尺码。

"我平时穿35，但好像36也行，37也行。"这是常见的回答，声远心想"你这是什么脚啊"。在要求改成"姓名+码数"的微信群里你会看到，名字

后跟着两个数字的人很多。

所以这是一个科普和引导的问题。

同一尺码，尖头的和方头的不一样。
宽脚瘦脚，脚背高不高，适合的码数也不一样。
我买了这双舒服，那么那双可不可以？
所以，在每一款鞋子的页面后除了尺码推荐，还有附加的鞋型点评：这款鞋子码数非常准，按照平时的码数选择即可；适合多样脚型，9.7以下的宽度都合适，脚背太高不建议尝试；半码脚可以根据自己脚的肥瘦做个选择，瘦的半码脚可以尝试准码，比如36.5选36，宽的半码脚可以选大一码，比如36.5选37。

但也别指望所有人都愿意和你聊天，声远也碰到过很多不说一句话直接买回去的客人，然后发现尺码不对。因此，她推出一项服务：你买了双36码的鞋，就再给你寄个相邻的尺码。客人留一双适合自己的，将另一双寄回店家，顺丰到付。在声远意料之内又出乎意料的是，至今为止没有一个客人私吞那双额外的鞋。这也是声远从自身体验出发所做的一个决定，对她来说，最不愿浪费的就是时间成本。体验为王，换位思考，这也是人和人的基本信任。

虽然在这个小策略里，声远表现得很大方，但她也承认自己有抠门的一面，比如说是否包邮。

Delleen一开始是顺丰包邮的，但算下来也是一笔不小的成本，便决定不包邮。"六百多块钱一双鞋还在乎这点儿邮费，那就不是我们的客人。"声远给自己做心理建设。巧的是，据她统计，那些纠结于是否包邮的客人退货率很高,"那就说明她们不是真的想买。"

小心思：送护理套装

"体验感"是声远一直在追求的,她喜欢为客人提供意想不到的增值服务,比如硬实的鞋盒,客人经常留言反馈：盒子舍不得扔啊,用来收纳最好不过；比如随鞋附赠的护理包。鞋子分为纯皮类、麂皮类和混合类,分别针对羊猄类、纯牛皮、羊皮、漆面等不同质地的鞋子,每双都可以免费获赠护理配件一套,有去污清洁擦（皮面清洁布）、除尘海绵擦、纯羊皮半码垫、防滑贴。

"因为客人经常问啊,怎么清洗,那我索性给到方法和工具咯。"声远又一次实践了用户体验为先的初衷。

小决策：聚焦在尽可能少的平台

很多人觉得,售卖平台越多越好,广泛撒网,可以增加曝光量,殊不知这也需要相应的人力去维护。当然,有资本有实力的大公司完全可以忽略这点投入。声远的策略是,全部收拢在淘宝,只加一个微信公众号做辅助,阐释品牌,进行时令推广。这样的聚焦,一方面有助于抓取到真实有效的数据,进行定性分析,她可以掌握第一手的资料,比如真实粉丝数量、真实的转化率、用户的购买时间及浏览时间等习惯；另一方面,这样的"减"对员工也好,不分散他们的注意力,作为老板,你要知道,员工的精力也很有限。

失败的尝试：地推

摆摊、地推是 Delleen 初创时期为了吸粉所做的一些尝试，现在看来，吸粉的效率有点儿低。

每一款鞋，都要配齐尺码，动辄上百双鞋，每次都是大工程。从早到晚守着摊位，和客人磨破嘴皮。鞋这个东西，如果不是"第一眼美女"，且不是超低价，很难吸引人们驻足。就算好看，接下来就是，好穿吗？也不是一次试穿就能保证的。但对声远来说，无论如何，都是一种创业尝试，很有必要。地推的经历坚定了她不开实体店的想法。

卖了三年多鞋，声远发现，她的客人分布在全国各地，上海本地的占了不到一成（这也是她反思最初地推没必要的原因）。互联网的魅力就是不受空间时间限制，你会发现，有客人凌晨四点下单，也有客人是新疆内蒙古的，都和是否有一家实体店无关。

"我不想逢人就说，付不起房租。"

如何定价

定价无非是成本考虑和用户消费力测算。因为没有房租，声远最大的支出集中在人员开支上，很多事情都是自己在操持，相对来说成本不算高；而她的客群也都认为 500 元左右一双鞋是一个比较容易跨越的门槛，如果它的做工和一两千元的鞋差不多，那么客人就会觉得超值。

通过哪些渠道给人群画像

淘宝自己生成的消费行为痕迹是数据来源之一,收件人的地址也是很重要的信息,同时,声远会特别关注微信群的互动,每一个买家秀都是一份报告,里面透露出此人的穿衣风格、年龄、长相等诸多关键信息。看多了,记在脑子里,等到客人询问"ABC 三双鞋,我该选哪双"的时候,声远便能根据自己的审美和对她的了解,迅速帮她做出选择,也因此赢得了"私人挑款师"这样的美名。

声远自称买鞋的都是她这样的人,所谓"她"这样的人,具备几个要素:受过一定教育;有工作,具有社会性;靠专业技能工作,如公务员、银行职员、大学老师、国企工作人员,且多为中层,这个人群特别大且稳定,黏性高。

Q & A

○ 今年是开店的第几年？

第四年。

○ 平均每天线上上班的时间有多长？

基本上除了睡觉，不是跟上游——制鞋方打交道，就是跟下游——客户端沟通，没有固定的上下班时间。

○ 一句话经营之道？

以用户为前提。

○ 如何营销？

营销费用太高导致我几乎不做营销，有那点儿钱，我还不如多做几双鞋。

整个媒体环境很不友好，价格虚高，我花3万块发个文，连30双鞋都卖不掉。对于大品牌大公司来说，在公众号上投一个头条的费用，和过去电视街头广告费用比简直是毛毛雨，也就是这样把公众号的胃口养大了。

○ 这几年有什么遗憾？

制造业缺少沉下心来的耐心，也就是所谓的"匠人精神"，传统行业容易拿经验行走，动不动说："我都做了这么久了，我能不懂吗？"所以，我没办法，只能磨他们，这也导致我上新很慢。

○ 有资本要投资过你吗？

资本应该不喜欢我。资本喜欢快速规模化并迅速变现，而我动作太慢，从一开始就在追求脚感，不满足于普通意义上做工、缝纫线等表面上的好，每次都要和工厂磨很久，所以上新也很慢。

反过来说，我也不喜欢资本，你有多风光就有多惨，资金雄厚都是浮云。小而美的东西生存能力弱小，除非复购率高，但它们绝对不是资本砸出来的"怪兽"，星巴克也是卖了这么多年咖啡才敢卖杯子。我现在有意识地多在小店消费，推荐给朋友，我觉得如果只是因为流量不够而倒闭，挺可惜的，虽然这是现实。

○ 女性开店有优势吗？

用女性视角来卖女鞋，天经地义。我不是那种特别细腻温柔的类型，但是我有自己的审美，对于鞋子的理解让我创造了很多拍摄场景，节约了不少成本。

相比之下，我也很会与人磨合，很多人说我脾气好，其实是我耐心还行，不够格的东西就是要打回去重新做。

女性在家庭中的角色要看你和家人的关系，我的家人都还算宽容和支持。对于孩子的教育我家也有分工，凡是要对外的，比如演讲，都是由爸爸带领；对内的，做作业什么的，就我来。做好平衡很重要。

○ 疫情对小店影响大吗？

挺大的，毕竟春天本来是我们的小旺季，憋了一个冬天的人们很想穿点儿粉嫩鲜艳的鞋出来走走拍拍照。但这疫情一来，首先是工厂停工，我们拿不到计划中的鞋款，消费者也是，天天宅家丧失了购买意愿。

○ 今后三年有什么打算？

虽说受疫情影响，但乐观来看，首先，我的客群属于不大会失业的类型，公务员、大学老师等；其次，我的鞋比较百搭，哪怕你穿一身黑，也有一双樱花粉的鞋为你点睛，看起来就像精心打扮过一样。只要扛过这一阵子，市场行情应该会回转。所以，未来三年我还是会以用户体验为前提，做不磨脚的鞋子，同时运用我的色彩搭配知识，时尚又不失本分。

○ 有朝一日会开实体店吗？

如果有不缺钱的金主投资，也许会考虑一下。

○ 对同样开小店的人有什么建议 / 忠告？

开店之前，还是要寻找自己产品的独特性。我一开始其实有点儿无知者无畏，我知道要做什么鞋，但实际上一开始自己并没有做出来的把握。

产品打造要结合用户的痛点，再整合资源，在开头的时候谨慎，发力的时候勇敢，会让你少走一些弯路。这是我的经验教训。

第三章

Cakeyao

吃蛋糕
其实是一种场景消费

品　牌　Cakeyao
品　类　蛋糕
女主人　郑瑶

圈点之处

- 私人挑款师
  男生、女生、老人、小孩的口味都摸得透

- 上新快，品种多
  经典蛋糕保留三十多款，春夏、秋冬再上十多款

  位于杭州中河路和中山路之间、东西走向的屏风街不长，多亏附近的写字楼上班族帮衬光顾，几十年来，小店林立且门类众多。街头的赛百味是浙江第一家，这年头开过十年就可以称"老店"，街尾的美容院几乎不用吆喝，会员自然流入。每家店都有自己的脾性，也因此获得不同的客人，如果你看过东野圭吾的《新参者》，大概会对这种街景感到眼熟。

  郑瑶的蛋糕店Cakeyao就在这条街上，地铁出口走不到400米就到。小店不大，白色和绿色是主色调，和繁多的绿植遥相呼应，间隙点缀着的拍照小景，比如洋牡丹、小鼠球、日本香豌豆，都是郑瑶亲自挑选的，和整个空间一起构建出了一个清新的王国，让人顿时卸下疲惫。

  皮质沙发、带有藤条椅背的中古风椅子和高饱和度绒面凳相互映衬，定制吊灯散发着柔和的微光，为小店注入了某种含蓄的高级感。

  薄荷绿和米白色块的墙面、大理石纹面长桌，都是拍照发朋友圈的最好场景——而这些，就是无形广告。

10：30—11：00和14：00—15：00这两个时间段，是Cakeyao新鲜蛋糕的出炉时间。丝滑的香蕉混合海盐慢慢熬制的焦糖是店里很受好评的"星空"，手工巧克力则是"星空"上的轨道，色彩斑斓。

"咖啡瘾"对很多Cakeyao的粉丝来说已经成为经典，因为好吃，两年多来，郑瑶都没有撤掉它，并且最近还换了新的包装，淋面光亮、慕斯顺滑，咖啡香渗透得更深。

"红丝绒"一直是店里的招牌，而且，Cakeyao是附近拥有红丝绒品种最多的蛋糕店。

因为是一家街边堂食店，郑瑶还腾出手来，为蛋糕搭配了咖啡和饮品。法国进口淡奶油、严选咖啡豆、鲜牛奶，做咖啡和做蛋糕一样，要一丝不苟，不仅要有好的口感，还要有上镜的造型。

饮品也是，柚子茶、碟豆花、玫瑰浆组合出具有层叠感的"极光"；莓果四季春、草莓莫吉托带有浓浓的季节感；冰激凌拿铁要自己动手把浓郁的美式咖啡缓缓倒入冰激凌球中，待其融合或者化开。

老客会很有目的性地推开店门，走着走着被小店吸引进来尝试一下的是新朋友，新朋友会再带来新朋友；旁边美容院做完护理的女士顺便带一块蛋糕回家；坐在店内的人看外面行人来去匆匆，笑他们为什么不进来——我们很容易就把所有在影视剧里看过的美好画面，都赋予这家街边甜品店，里面还有一位曼妙的女主人。

碰到郑瑶不是那么忙的时候，她一定会走出来。她是店里的头号服务员，亲自为客人挑选蛋糕也是她工作的一部分。"平常吃什么口味""偏慕斯还是奶油""小朋友可以拿草莓哦"。大有一副"交给我，你就放心吧"的

自信。

　　女客人较多偏向柔软香甜的蛋糕，男客人喜欢慕斯类蛋糕，但是男客人很少自己来，会跟着女朋友来；老年人更爱蛋糕胚子多一点儿的蛋糕，榛子和燕麦都对他们的胃口；至于小朋友爱吃的蛋糕，水果多多肯定没错，草莓、杧果、蓝莓。除了做蛋糕，观察客人、了解客人的喜好，也饶有乐趣。

　　开一家蛋糕店，大概是很多姑娘从小就有的梦，她们幻想自己就是那个"在后厨能靠十个手指幻化出精致甜品，在前台能用甜美笑容把人融化"的女主人。而蛋糕，一直代表着甜蜜、幸福，就像姑娘们终其一生的愿望。

　　郑瑶和甜品的缘分开始得没那么早，甚至还有点儿机缘巧合。

　　郑瑶其实原来是唱越剧的。

　　这也是开始大家最有兴趣的一个话题。老朋友带新朋友认识郑瑶，待新朋友被好吃的蛋糕感动坏了后，老朋友就会问："你猜郑瑶之前是做什么的？"新朋友就在那儿猜啊猜，怎么都猜不到。

　　她是唱越剧的呀！而且还是男角儿，老生，小生。

　　浓眉，大眼，厚唇，尽管现在郑瑶已经有了另外一个名号"甜品界的安吉丽娜·朱莉"，但人们依然止不住想象她唱越剧时的身段、眉眼和水袖。

　　还在上初中时，郑瑶就被省艺校挑中，并成为戏剧班里的重点生，毕业后就势待在了剧团，也算事业单位了，稳定、安逸、有面子，顺风顺水。她也似乎从没问过自己是不是喜欢唱，能不能唱一辈子。

　　转机是在一次欧洲旅行中，一款意大利甜点师做的提拉米苏改变了她。那之前，郑瑶有空时也常在家照着烘焙书籍，做做海绵蛋糕、纸杯蛋糕，也会因为常能得到朋友的夸赞而小有成就感。但是，那款提拉米苏还是瞬间击中了她，不仅好吃，而且，根本没法想象自己能够模仿出来。

郑瑶突然就像寻到了自己真正喜欢的东西，那种甘愿为之付出的决心在旅途中一点点变得浓烈。念定这个思路后，她迅速开启了转型的第一步：拜师。

郑瑶拜过的老师几乎可以组成一个"联合国"，其中有意大利知名烘焙师朱利亚诺，也有荣获法国最佳手工业者奖Meilleur Ouvrier de France（MOF）甜品奖的大师。互联网时代，找一个人并不难，看准了他身上吸引你的特质后就往前冲，不要怕被拒绝。求师过程没有别人想象得那么难，懂英文，真诚沟通，就够了。

郑瑶的蛋糕品牌直白简单，不是那种暗含深意的长串英文、法文、意大利文，也不是清新调的汉字组合，Cakeyao，一个叫瑶瑶的人做的蛋糕。

出于生活方便的考虑，第一家小店就近开在家附近。微信销售口口相传就是最初的模式，在郑瑶看来，虽然店面是在的，但它更像工作坊。

很快，郑瑶就转到了离家不远的创意园区。创意园区一般由政府牵头，开始基本上只有工作人员和少数本地企业入驻。与之形成鲜明对比的是，后期则会入驻个性工作室和小店，因为房租相对低。不管是本地企业还是个性小店，都无法招致大人流，也因此，不适合传统行业。而对郑瑶来说，她所在的创意园区不方便停车，没法让人安心地坐下吃一块蛋糕——边吃还要边揪心有没有交警的心情是没法享用甜品的。

在这之后，郑瑶就一直在找新的店面。

甜品属于场景消费，同样一块蛋糕，在店里吃和带回去或快递到家会呈现出截然不同的状态。在店里吃，你是一种走近它欣赏它的姿态——衣服款

式、口红色号、发型、搭配的包包，都是精致妆容。你款款坐下，先来一波美拍和自拍；然后，开动刀叉，就算是真饿了，你也会优雅地来一小口；反之，新鲜蛋糕快递到家，你穿着睡衣签收了它，而且，三天没洗头了。说好是等老公回来晚上一起吃的，但先来一口也没关系吧？你就这样挖了一口又一口，最后剩了个残缺。

也因此，尽管线上订蛋糕的比例依然很大，但郑瑶并没有因为成本而舍弃实体店。实体店是 Cakeyao 的形象，也是线下订单的导流源。而且，人在一定时间段里的进步很重要，你不可能永远窝在一个小店里。

当然，找到一家百分百满意的实体店并不容易，要在考量租金、地段、厨房面积后，看它的"综合素质评分"。

从体制内走出去，自立门户，单枪匹马，如果仅仅从"不用朝九晚五打卡上班"这个角度来说，那一定是自由的，甚至，只要你心里过得去，赖在家里"今日店休"也未尝不可。但是，这世上没有绝对的自由，对于女人来说，开一家店仿佛交了一个男朋友，朝夕相处，一切以它为重。

所以，到了现实中真正的恋爱时，男朋友也会觉得郑瑶太忙，一心扑在工作上，彼此陪伴太少。休息日、节假日都是郑瑶最忙的时候，周间难得有清闲一刻时，男朋友却并不在休息区。入了这一行，自己当老板，也便意味着永远和多数人背道而驰。也因此，当朋友们感叹这么好看的姑娘居然单身时，郑瑶总是笑笑。想天天过情人节，还是得有一个合适的人。

工作、生活、做蛋糕、谈恋爱，不是说有多难平衡，而是终归要找到自己的节奏。

起名艺术

蛋糕是一个接受度很高的常规产品,所以,名字也要直白简单,最好看过一次就记住,下一次还能脱口而出。

我们常常看推文报道,记者问主人,为什么要起这个名字,有什么含义吗?正对主人胃口,长篇大论引经据典,占了一大块版面。而对郑瑶来说,那些你想要表达的意义其实都是二次性的,需要转一道再被传播。更重要的是,不是所有人都想要知道宏大的"意义"。在快速消费时代,好念好记要比好文采占优势。

灵感哪里找

生活、旅行、和客人交流,以及行业标准和流行趋势。

哪怕再忙,郑瑶也会抽出时间给自己一个长假,去外面看看。当年意大利的一块提拉米苏启发了她,现在依然,每天都有最新最好的蛋糕出品。不能永远拉着老脸卖所谓的"经典款"。

灵感不是去刻意找的,而是自然而然来的。

也有人说,要不要跟风做网红蛋糕。

要,"网红"不是一个贬义词,不是说你是网红,就代表文化层次低。"网红"其实代表了一种大众审美,而蛋糕,本来也不是小众艺术。问题的关键是,如何让"网红"经久不衰。

当年,红丝绒有了流行迹象。它让姑娘们不仅愿意掏钱,还甘愿冒着长肉的风险,换来唇齿飨宴。在对传统红丝绒蛋糕进行研究的过程中,郑瑶发现，红丝绒蛋糕糕体密度低，疏松的口感如天鹅绒一般丝滑细腻。于是，在常规红丝绒蛋糕的基础上，她又创新了红丝绒戚风、红丝绒千层蛋糕，偶尔还有红丝绒杯子，Cakeyao 作为拥有众多红丝绒品种的蛋糕店，风靡了很长一段时间。

会有这些困难，你得做好思想准备

郑瑶有一个外号，叫铁头瑶，朋友们都觉得，作为一个女人，她实在是太强了。而郑瑶也说，如果你决定开一家店，当一个好的老板，那你就要为这家店负责任。而不是把自己这段戏唱完就好了。

力气活

在 Cakeyao 品牌初创期，郑瑶一个人带一个帮手，每天从早上八点开始制作抹面，一直到下午五点，中间完全没时间坐下休息。

送货

碰上蛋糕外送的快递出什么岔子，郑瑶就亲自开车送货，而且要平心静气，不能焦躁。

客服

蛋糕多久到？到哪里了？送到之后，大概多久吃蛋糕？在 Cakeyao 的微信服务号上，回复客人的都是郑瑶本人。尽管有时候腾不出手，也要反复和客人确认。因为这决定着她要提前放在哪一个温度的冰柜中，以及需要在蛋

糕盒中放置多少个冰袋。

人员流动
刚刚带好一个徒弟，人家就自己开店去了。

盗图
上一个刚走的员工，直接把店里的图片文案盗去了。

其他
既要应付老店，又要开拓新店时的两头忙。

签合同、找设计师、磨合图纸，以及最后的搬家。

最好的蛋糕只有一个诀窍

好食材，好食物，是一种说起来简单，但不是所有人都能严格执行的食品信仰。因为人有惰性，有贪欲，在利益面前会屈服。

甜品这个东西，要做出一个好看的模样，让人第一口吃下去时发出赞叹，其实不难。但你千万不要低估消费者，也不要有侥幸心理，不够格的原材料就是不能支撑起一个好的蛋糕。任何特殊情况都不是降低成本的理由，在原料上用足劲，这一点没得商量。这里有对食物的尊重，有对顾客的承诺，有对自己的负责。

Cakeyao 从成立之日起，就拒绝色素、棕榈油等添加剂，坚持用新鲜食材做半糖低卡健康的优质蛋糕。Cakeyao 的水果来自自选农庄，奶油来自新西兰和法国，巧克力来自瑞士……郑瑶每天的工作之一便是对好食材进行排列组合，不该加的东西绝不会有，用不完的材料当日全部处理。败家吃货没有什么经营之道，就是自己觉得好，再拿给别人吃。

私房策略

配送

好吃的蛋糕全赖新鲜，原料新鲜是一方面，客人食用蛋糕时的温度也很重要，0 至 4 摄氏度是最佳口感。对于卖家来说，当天的蛋糕，必须当天制作，及时送出。为了让甜品在合理时间内安全送到客人手里，Cakeyao 试验了闪送、同城快递、顺丰配送等多种快速配送渠道，经验所得，选择与可靠、专业且较成熟的第三方合作。

包装

蛋糕盒一侧设有一扇小窗户，方便客人查看蛋糕，对面一侧是附赠的茶包和 Cakeyao 书签；另外两侧，一侧放置冰袋，一侧放置 Cakeyao 私家配置的伯爵茶和刀叉。这样蛋糕盒的四侧都被合理利用起来，加上香草绿和白色的色彩搭配，清爽利落，不必附带单独的装刀叉塑料袋之类。

预订界面

最初用的也是相对简单的微店接单，比较现成。但随着品牌发展，基于甜点产品和预订流程需要更顺畅的梳理，Cakeyao 自己开发了全新预订界面。虽然花了点儿钱和工夫，但是老话说得好，磨刀不误砍柴工。

及时上新

人都是喜新厌旧的，而外界也可能是每天爆一家新的甜品店，要保持住Cakeyao与客人之间的黏性，必须及时更新产品。按季节来上新是最基本的方法，Cakeyao每一季都会结合时令选取当季水果，推送新品，架上在售的蛋糕甜品基本有三十多款，给足了客人选择的空间。

心得：保持学习

虽然顶着"师从多国大师"的标签，郑瑶依然保持高频率的外出学习。在她看来，专业学习和自己在家照着书烘焙的最大区别，不在于配方，而是手法。

比如说蛋糕上的杧果泡芙装饰，要让它拥有好的口感，是有操作顺序和手法讲究的。泡芙必须等烘焙冷却后，立刻包裹好保鲜膜放进冰箱冷冻，在装饰前注入酱料。这些具体细节，书上基本都不会讲到。

甜品里必须有独特的个性风格，奶油到底是加入酒，还是加入香草荚，没有具体的标准，都赖于慢慢摸索。

Q&A

○ 今年是开店的第几年?

第九年。

○ 如何找到房子的?

在明确自己想要去哪里——离家开车不超过 30 分钟,相对市中心、人流量大的街区;以及明确自己不要什么——创意园区、老年社区,然后就用了最简单的方式——找中介。

○ 小店总面积是多少?

不到 200 平方米,总体分为两部分,前店和后厨,还有仓库和我一间小办公室。是我觉得还算理想的工作空间。

面积对蛋糕店来说,没有标准,还是要看你的产品内容,以及预算,我也见过几十平方米的小甜品店,也很成功。

○ 房子改造/装修花了多久?

将近 4 个月。

○ 室内设计师是谁？

林森，我一个朋友。我感觉很多人对这个问题摇摆不定：到底要不要找朋友做事？我倒是觉得没有特别的界限，大家就是工作关系。林森做过一些商业和创意结合得还不错的产品，我个人是认可的，而且本来就认识，他比较了解我想要什么。说起来，他给过我两个版本，一个是暗色系的，暗棕墨绿为主色调，说是因为我长得比较浓郁，但我觉得那样太像西餐店，不像甜品店，所以选了现在大众能接受的清新风格。

○ 改造房子花了多少钱？

100 万元左右。包括硬装软装，以及开甜品店最重要的一部分——设备。

○ 线上和线下营业额大致配比如何？

线上 70%，线下 30%。

○ 一句话经营之道？

用心做好自己的每一步，走自己的路，让别人去啰唆吧。

○ 疫情对小店影响大吗？

对堂食部分影响还是挺大的，线上业务相对稳定。

○ 今后三年有什么打算？

会去开分店。

○ 对同样开小店的人有什么建议/忠告？

首先，要明确自己的定位。做蛋糕到底是为了什么？是出于一种爱好，给朋友做做私房蛋糕，还是当作今后的职业，准备靠这门手艺赚

钱生活？不要盲目跟风，也不要冲动。如果想要将甜品店做成一门生意，甚至是事业，光有兴趣爱好是远远不够的。要做好吃苦的准备，要专业。

其次，看看家庭条件是否允许。有没有这份闲钱去学习，尤其是师从国际大师的话。

然后就是要衡量一下自己是否有充足的时间学习。学习烘焙是很花时间的，需要刻苦，如果只是兼职打发下时间，大概会顾此失彼。

第四章

愚木花园

用鲜花治愈生活

品　牌　愚木花园
品　类　花店
女主人　叶子

圈点之处

- 卖花的场景感超强
- 不仅是一家花店，还是城市一隅可以休息的地方，主人提供现摘花草茶

　　2018年5月，愚木花园出现在了杭城西溪路上一个不起眼的角落，对，就是那个南宋皇帝题名"西溪且留下"的"西溪"。愚木花园是一家花店，在一棵大枫杨树下面，带一个小院子。

　　5月，正好是绣球花的季节，正如它的名字，形状如同绣球一般的大花簇拥在椭圆形的绿叶片中，在初夏预示着接下来的热烈。想着要做花礼订制和花艺课程的小院子，阴差阳错地在开店第一个月意外卖了很多绣球花。愚木花园就以这样的方式，开始被人知晓。

　　花店女主人叫叶子，从没想过自己会拥有一家花店。

　　小时候最害怕自我介绍和写同学录的叶子其实不知道自己的兴趣爱好是什么，喜欢什么颜色、偶像是谁、最喜欢的运动是什么、最想去什么地方、最喜欢哪个国家、最喜欢的城市是哪个……别人能够唰唰写下的答案对她来说非常困难。也因此，上学，工作，安安静静，生活好像就这样了。

直到有一次,在老家街角的花店里看到几盆多肉。那时候多肉还未风靡,叶子除了认识一盆玉露外,其余的都不认得,而老板也说不出个所以然。回到家猛查资料后,叶子发现自己对这些花草挺感兴趣的。

接触的东西多了,叶子便发现自己也是有喜欢的事物的。以前没发现,是因为眼界不够。

真正让她丢掉已有生活,开启一种新的可能是在2014年,因为一些个人变故,换了一个城市,决定用两年时间进修自己。

两年时间,不是学习就是健身房,简单充实,而每天最愉悦的事情就是清晨经过一家花店。这是一家不同于老家那个花店的小花店,店主是个帅气的男孩,只要叶子有问题,他就耐心一一讲解:这是进口玫瑰,那个是翠扇、尤加利……刺芹,有着臭脚丫的味道……一连串陌生的名字,却出奇地好听。

"原来我不是不喜欢花,而是我所认识的花草太少!"当年的感觉又来了。

于是,叶子报了一个花艺课。再后来,又在家旁边的写字楼13层内,尝试着开了一个花艺工作室——命运从来不是巧合,你会做什么,你将要做什么,其实都在很久之前埋好了种子,时机成熟便会萌芽、开花。

那时候还只是抱着试一试的心态,白天工作,午休的时间以及下班后就去工作室。虽然工作室很简陋,多半是自己根据理想中花店的样子设计和装修完成的,但和花花草草相处几个小时也很满足。

很快,这种状态就被打破,叶子意识到,本职工作和开花店并不能很好地平衡,就算勉强维持局面,表面平静,内心也时常感觉到对双方的辜负和不负责任,自己必须要有一个取舍。

而处在写字楼高层的花艺工作室,具有强大的目的性——除非你知道,不然不可能"偶尔路过"。叶子想开一家真正的花店,就像当年每天路过的那

家花店一样,充满人情味,为她拨云见日。

　　人们习惯了说对生活现状不满意,想做自己喜欢的事,但你问他喜欢什么时,得到的更多是沉默。热爱生活是一种能力,找到自己真正想做的事是一件很幸运的事,而去做想做的事便成了一件自然而然的事。1987 年出生的叶子也是,最后她放开了朝九晚五的铁饭碗,也关闭了工作室,以全职的状态开启了第二人生,也与自己达成和解。

　　这一次,叶子想要一个合适的店面。
　　有人说,人终其一生都很难找到真正的合适。到底什么是合适的店面呢?

叶子想要的花店，要沿街，人们散步经过时弯进来闻一闻花香，而她就是那个躬身浇水时突然直起身向朋友打招呼的女主人；要有一个院子，因为自然是最好的布景，所有的花草顺应每天的阳光、雨露，能自由呼吸；空间不需要太大，紧凑丰盛，无论有没有人来，都有一种温暖感。

为了这样一个理想空间，叶子每天都会去看很多的地方，不是这里不对就是那里欠缺——其实，不是不好，只是那个对的还没出现。直到有一天朋友发来两张照片，说他认识的一个人要转让一家花店。

一家带有院子的街边小花店！

有过一次开工作室的经历，时隔一年再开花店，虽然在流程上不再陌生，却不意味着一切都能顺风顺水轻松搞定。注册、装修，选择花材供应商，各种物料资财的备货，一日三餐顾不上是家常便饭。

幸好这是一个自己喜欢的空间。

小心得：一边开业一边完善店面

很多人在开店，尤其是开第一家店的时候，都想尽善尽美没有瑕疵。于是，光是装修就花了很长时间。其实这样很不划算，既浪费了房租，也容易让人陷入无休止的疲惫。

在叶子身上呈现出的是"前慢后快"的状态——找房子的时候急不来，一旦决定后马上下手。签完合同的第二天，愚木花园就营业了，一边开业一边完善，每天调整，一点点进步。

既然是一家小花店，那就注定它不会是大而全的鲜花市场，自己喜欢什么

就放什么,是小店的好调头之处。

愚木花园里有一些特别的叶材,比如花语是爱如呼吸的喷泉草,叶如其名,犹如喷泉,流畅自然、充满野趣,能够很好地增添作品的空间感;花语是兴奋的小盼草,轻盈纤细,微风吹过时,小叶子就能不停抖动;还有兔尾草,看起来有点儿像狗尾巴草,但是摸起来却是毛茸茸的。它们的共同点是便于搭配,也易于自然存放。

如果是花市上买不到的花材,比如铁线莲、多花素馨,或者价格高但很讨人欢喜的花材,像木绣球、落新妇,叶子就会自己动手种在院子里。自从有了这家带有院子的小花店,叶子还多了一个身份:花农。

卖花的人,未必是花草专家,但是多少要懂点儿花艺知识;就像一个美食作家，如果仅限于品尝和写作，而自己不懂料理，是有欠缺的。

叶子开始学习并实践如何种满院花草，也试着从中吸取并总结经验。卖出的绿植越多，随之而来的问题也会越多。很多在院子里生活得好好的植物，客人买回去放在家里后，要么枯萎，要么很快死掉，客人第一个反应就是问叶子。

人会生病，植物也是，到了一个新的环境，水土不服，是很正常的。也有可能是出现了一些"捣蛋鬼"，那就需要我们去照顾它，给它吃药，赶走"捣蛋鬼"。

客人的问题多种多样，放在房间里可不可以？放在阳台可不可以？多久浇一次水？其实，每个房间、阳台不一样，季节、环境也不一样，浇水的次数和间隔也会不一样，所有事情都没法一概而论。叶子有一个相对万能的方法——上网搜搜它的原生环境，了解一下花草对光照、水分、土壤等的需求，然后根据得到的信息，为它营造类似的环境，多关注土壤和叶片。你能知道一个人是不是渴，也能看得懂一棵植物是不是缺水了，土壤干了，或是叶片没有精神了。

小心得：成为全能店主

作为花店主人，你还必须、不得不是一位全能选手。了解花草脾气，说得出它们的花语，会种花种草，同时你还得是一位时刻在线的医生——"人类界的啄木鸟"，为客人买去的花草望闻问切，救死扶伤。

比起上班，开了花店后，身心是自由了，但依然没有"偷得半日闲"的时候，哪怕没有客人，叶子也不闲着，她能忙个不停。院子里的花花草草需要换盆、修剪、施肥；如果正好有零碎的花材，就用来做一些自己喜欢的作品，

插个小桌花或是花翁；新花材到了的话，就要第一时间理花；在春天播种的季节里，要种一些自己喜欢的小花，比如粉色的福禄考、重瓣的百日草等。然后，就是拍照片、剪视频，发微博、小红书、朋友圈。

而这些，对于叶子来说，并没有因为是女性而有特别的优势，其实男生也可以做得很好；而姑娘在搬花盆、锹泥土方面，也有不输男生的力气。花店，在叶子看来，是一个不太强调性别的行业，考验的是做这件事的初心，能不能和花草好好共处。

和花草相处，其实是一门哲学。欣赏它，不是简单地在花开的时候拍几张照片。所有的花都有凋谢的时候，有些花期长，有些花期短。花开时，我们满心欢喜，花落时，也不必觉得沮丧，因为它要结它的果实，结它的种子。

你可以选择把残花剪去，把更多的营养留给其他花苞，也可以选择让它结出自己的果实。这取决于你，无所谓对错。

小心得：为客人设计一种氛围

鲜花的确有治愈人心的力量，但它从来不是孤立的，不是说看看它就能被治愈了这么简单，需要有人把它带到每个人不尽相同的生活中去，而这种场景感，需要花店主人去帮助设计。

开店半年后，叶子在院子里种了香草，客人登门的时候，直接摘下来泡茶喝。到愚木花园来度过安静的一下午，是很多老客人不舍得告诉别人的心头好，她们也会自己带上花茶来和叶子分享。

前阵子有个客人过来聊天，说身边得抑郁症的人越来越多了，经济、工作、感情，都给人带来不小的压力。城市里生活的人需要调节自己的心情，而花草就可以让人安静下来，这也是叶子想要营造的氛围。

春天有阳光的时候，叶子就在院子里布置一场"春日下午茶"，可露丽、碱水面包结，三两个朋友，一条柴犬，当然，有花，花可以不是主角，但一定不可缺。在淘来的旧木门板搭的长桌上摆上一盆喜欢的盆栽，插上一束鲜花，轻盈的花枝在微风里轻轻摇曳。欢声笑语吉他声，路过的人已经搞不清楚这究竟是一家咖啡店、小酒馆还是花店。

比起卖花本身，花草带来的场景感才是最重要的，换句话说，相当于你为客人设计好了一种氛围，给人一种"回去后我也这样放"的欲望。

也有人觉得，叶子真的太会营销了。这些美图和视频搭配在社交网络上一发，立刻就被种草了，而且，粉丝们也多半是目标客群。对叶子来说，界定这种行为是不是属于营销不重要，重要的是她愿意把这些记录当成和客人的沟通方式。

小心得：多了解客人的喜好

因为喜欢记录，叶子会给来买花的客人留下他们在小花园的照片。大部分客人都很喜欢叶子拍的照片，也会发朋友圈，算是一种口口相传。

除此之外，参加一些好玩的集市活动也是想给自己多点儿曝光的机会，借机认识新朋友。

客人也很相信叶子，直接报预算，简单描述收花人的性格，或是告诉她送花原因以及想要表达的祝福，叶子就会通过这些信息来决定做什么色系、用什么花材。有一个客人说收花人是个单身的优秀女青年，"缺桃花"，叶子就用了五种不同的粉玫瑰，搭配当季日本进口樱花，再加蝴蝶洋牡丹，希望可以用它"旺桃花"；还有客人说收花人是个高冷、有点儿酷的女孩，那就用卡布奇诺、深紫色海芋、黑色松虫草等低饱和度暗色系花材，配上黑色包装纸；如果是活泼的女孩，那就给她有线条感的雪柳搭配向日葵等亮色系的花材，配上白色包装纸，青春明媚。

叶子还做过一场特别的婚礼，大部分花材和叶材都选用新郎家附近山上的植物，手捧花则剪了新娘亲手栽种的玛格丽特王妃。

"你下午四点钟来，那么从三点钟起，我就开始感到幸福。"开花店的人，就是时刻怀有这种期待。

谁都想独一无二，获得最与众不同的礼物。那就尽可能不厌其烦地多了解客人的喜好吧，多观察，必要的时候多问几句，为尽量有一个精准的画像，开启脑洞吧。

必备技能

拍照

靠颜值和气氛吸引人的花草自然需要好看的照片，让暂时没能到店里来的人瞬间被击中。而对主人来说，无论是拍照片还是录视频，都是一种习惯，为了把心里想要表达的那一份美好展现出来。

叶子以前就很喜欢拍照片，但是没有系统学过，有一次给院子里装了灯，晚上亮起来的时候呈现出温柔的场景，可是怎么都拍不出来。于是，叶子就去报了基础的摄影课程，更专业地记录院子、花艺和生活。虽然现在手机高

级,后期制作也很发达,人人都可以在图片上套个滤镜让它改头换面,但是,学习系统的课程依然很有必要,尤其是对光的理解和运用。

当然,你说,我有钱,可以找一个摄影师。叶子也试着让朋友来兼职帮忙,但她很快发现,同一个花艺作品,不同的人拍出来感觉是不一样的,外人无法了解她对花的理解。后来她就一直自己拍,因为只有自己最清楚想要表达的是什么。

制作短视频

先扎好一束满天星,准备三张雾面纸,一大两小,两张蕾丝包装纸,最后系上丝带,就是一束仙气满满的满天星小花束了。30秒不到的短视频里,观

看者除了得到一个包花小技巧,还有隔着屏幕也能闻到的花香。

愚木花园的小红书上,会隔三岔五地发布叶子拍摄并剪辑的短视频,有时候是实用性的方法,有时候是令人向往的场景。每一个花艺师都是一个视频能手,紧跟潮流也好,真实记录也好,会做小视频的花店主人才称得上一把好手。

善用道具

如果说和花草相称的道具只有花盆、花瓶、花篮,显然太过狭隘,其实,身边任何事物都能成为衬景,拉近和客人的距离。

愚木花园的一大法宝就是各式各样的小动物,虽然没有一样是她自己养的,但把它们和花园一起拍在照片或是视频里,大大提升了点击率。最近上镜率很高的是一只名叫98k的小豆柴,是开民宿的朋友家的,因为疫情影响,民宿很空,就带来花店。

还有一只名叫阿mo的小美短,是隔壁服装店的猫,性格很好很温顺,走丢的时候还跑去派出所看过监控但找不到;后来出现的一只大点儿的胖胖的猫是一个客人(现在也是朋友)的。它每周末都会出现在小院子里,叶子用它的照片定做了花束包装纸。看起来这些和卖花没什么关系,却是一家店生动的一面。

面对危机

电商

电商的出现和发展对实体花店的影响很大,价格透明化、快递送到家也让很多人直接倒戈。而花店本身其实很难赚到大钱,房租、折损、人工都在,现在这个阶段，说花店是暴利行业完全不正确。实体店的优势在于给到客户更直观的体验，这也让"体验"被提上了议事日程——这也是当初叶子关掉写字楼内工作室的缘故。

叶子会尽量选择一些小众、新颖的花材，成本会高很多，价格自然也会高，但是好的东西就会吸引对路的人，愿意买单的自然是懂得欣赏它们的人。商家和客户是一个双向选择。你的用心，客人一定能看得到。

招工难

各行各业都在抱怨招工难，叶子反而觉得，与其在这方面花大力气，不如自己一个人，可能当下会动作慢一点儿，但整体是在有序向前的。

小店的核心是人，你是怎么样的人，就会有什么样的店。叶子曾请过很多个店员，后来觉得，只有自己在的时候这家店才是想要的那个样子。因为疫情，店里没有了固定的长期员工，叶子一个人打理。只会在节日或是有活动的时候请兼职。人不需要多，愚木花园就是一个城市里偏居一隅的小院子，安安静静的样子。

"像这样的小店它也只能是一间小店，什么都要亲力亲为，可能从商业角度这不是一个好的运作方式，但我本来就不是一个合格的商人。"叶子说。

面对质疑

开门做生意，来者都是客，遇到几个不那么友好的客人也在所难免。叶子的做法比较直接，就是微笑着劝他买别人家的花。在她看来，买卖就和恋爱一样，你情我愿、互相喜欢才重要，勉强不来。

"要不然和我戴着面具上班有什么不同?"叶子希望她不只是个"卖花小妹",而是通过鲜花让更多的人感受到美好,包括送花人的心意,也包括卖花人的用心。

面对淡季

花店有着明显的淡旺季是大家都知道的,每年六七月就是最闲的时候。而花艺永远不是静止的,需要不断地学习。比如找国内外优秀的花艺师交流学习,或是学习一些自己喜欢的技能,像之前学习摄影,接下来打算学习手绘,人需要在不断学习中完善自己。

Q&A

○ 今年是开店的第几年?

第三年,如果算上之前工作室的话,全职和花草打交道四年了。

○ 如何找到房子的?

机缘巧合下,朋友介绍。虽然当时已经看了很多店面,但这个店面,我只是看了两张照片,就爱上了。

○ 小店总面积是多少?

室内 59 平方米,院子 60 平方米。

○ 房子改造花了多长时间?

几乎是刚签了合同就营业了,在每天营业的过程中慢慢修补增删。

○ 室内设计师是谁?

我自己。

○ 改造房子花了多少钱?

东西是一点点增减的,包括到现在还在不断调整,所以很难有个总数。

○ 线上和线下营业额大致配比如何？

3∶1。

○ 一句话经营之道？

愚人愚心，沉下心做事。

○ 疫情对小店影响大吗？

突如其来的疫情，主要是使花店错过了情人节这波花店本应该有的高峰。如果情人节不算的话，整体其实要比往年好一些，可能是疫情让人们压抑太久，对绿植鲜花这种美好、自然的事物更加渴望。

对我来说，疫情也让我思考接下来会多设计一些更加贴近生活的绿植鲜花产品。

○ 今后三年有什么打算？

希望更多的人了解愚木花园，把它当作一个可以来坐坐的地方，一起记录分享更多美好的人和事。通过分享，让更多好看的鲜花绿植走进大家的生活中。

除了已有的"线上销售"和"线下体验"这两块，也尝试让体验线上化。

○ 对同样开店的人有什么建议/忠告？

既然处在一个多元的社会，那就尽可能地多尝试。我自己会比较偏向于线上线下结合的经营模式，通过线下体验带动线上发展。

开店的目的有很多，盈利只是其中一个，还有其他更重要的，关乎生活的意义；赚钱的方法也有很多，开店不一定赚钱，所以先想清楚为什么开这家店，这是一个可以让你遇到问题时能坚持下去的动力。

第五章

果篓

遮风避雨喝果汁

品　　牌	果篓
品　　类	果蔬汁店
女 主 人	幽草

圈点之处

- 除了果汁，还开发了周边产品，开起了果汁课堂，办起了甜聊会，并且将果汁店营造成一个"八平方米的展览空间"
- 小品牌走连锁化，除了五原路，还有位于商场里的三家小店

　　2015年2月15日，一家叫"果篓"的果蔬汁小店开始了正式营业。情人节刚刚过去，而那年春节特别晚，除夕就在三天之后。

　　小店位于上海五原路124号，五原路是隶属于徐汇区原法租界内的一条安静小马路，仅820米长，被海派作家陈丹燕评价为"务实的小路"，藏身于淮海中路、武康路的名字背后。

　　年节一来，回乡的回乡，出国的出国，街道上显得有些冷清。还好，那个冬日，阳光温柔和煦，洒在小店门口的梧桐树上，光线透过梧桐树叶的缝隙，钻到店门前，又让一切都变得可期待。在这样的时间开业，女主人幽草觉得正好可以在慢速中适应起来，反正也已经完成了装修。

　　果汁机器摆放安置到位，食材切配整齐，播放着轻快法语小调作为背景音乐，到了下午，小店就迎来了第一位客人。他手里拎着一个纸袋，三两大步就走到了柜台前。

　　"请问是有果汁吗？"

"有的，菜单在这里。"幽草一边回应客人，一边指引他看菜单。

客人一扫菜单，开口就是："来七杯橙汁吧！"

按捺住第一笔大单的内心雀跃，幽草埋头准备起橙子来。一不小心，手被刀划出了一道口子，鲜血流出来，吓得幽草赶紧退后两步，离开操作台，抽了两张纸巾先裹住伤口。站在操作台半米外的客人说了句"我先出去一下"就走出了小店。客人没过几分钟就回来了，走到幽草面前，递出一包创可贴，说："给，我去对面裁缝铺改个衣服，待会儿过来拿，你慢慢做。"

过年前的这笔首单让幽草以极快的速度进入了小店女主人的角色，之前的担忧和不适都被抚平了，"小而温暖的果汁店"带她进入新的人生。

透明的落地玻璃前摆着几株植物，一张原木长凳，门后几篮新鲜蔬果，有着日式杂货铺一般的干净简单。门外有一块墨绿色的门头，最初写着"大树底下好乘凉"，后来换成"遮天避雨喝果汁"，从果汁给人带来的舒适感，升级成生活必需品。

展架上放着各种独立杂志和店主偏爱的风潮音乐的唱片 CD，最显眼的旅行杂志 *LOST* 是好朋友 Nelson 做的，他是新加坡人，原先也住五原路，现在搬去了附近的常熟路，运营着自己的独立杂志工作室；还有台湾的《风土痣》《小日子》《蘑菇手帖》等，是买果汁顺手来一本的气氛。

果篓自己研发混合果蔬汁，除了常见的水果，配方里会加入一些健康但不受欢迎的蔬菜，如甜菜、苦瓜、芹菜等，还有一些草本香料如百里香、迷迭香，与水果混合成健康又好喝的果汁。那款极有意义的橙汁就是现在菜单上的"全是橙：橙橙橙"，遇到口感特别好吃的橙子，幽草总会忍不住在店里切上几瓣，摆到小木碟里，与客人一同分享；苹果、橙子、百香果混合而成

的"小太阳"是开店以来的特色主打,幽草尤其推荐秋天的"小太阳",伴着甘甜的洛川苹果上市,夏橙的多汁,再加上混合一百余种水果香气的百香果调味,这款"小太阳"不输美名;草莓、玫瑰和梨打成"小草莓爱小玫瑰",玫瑰花的香甜久久停留在嘴边;春天是橙子和姜汁的"春日暖阳",秋天要喝柑橘、柠檬和梨组合成的"初秋",冬天就是苹果肉桂山楂饮,价格基本都在18至34元,和星巴克一杯饮料差不多。

果婆会在特定的季节,与崇明岛上的农场合作采购优质蔬菜食材,推出应季的果蔬汁;在加工工艺上,选用原汁机低速柔性的螺旋推进方式来加工水果,既能保留维生素和营养成分,也能实现汁渣分离的效果。女儿来店里的时候,幽草也同样做一杯给她,毕竟她是店里的"首席果汁品鉴师"。

女儿竺子每次来店里,对幽草说的第一句话都是:"妈妈,我要喝果汁。"等果汁端在手里了,喝上一大口,小眼睛小嘴巴都透着心满意足的舒缓状,"我们家的果汁最好喝了"是她常挂嘴边的一句蜜语。2017年小家伙幼儿园毕业,幽草和竺子为班级的小朋友们准备了一份毕业礼物,就是果婆家的果汁免费体验券。在班上,竺子一边送出手中的果汁券,一边强力地催着同学们一定要去喝果汁,"我们家的果汁真的超级好喝!"

2014年,开店前一年,幽草辞去一所学校国际部教务员的工作,正式成为一名全职妈妈。在学校其实充实愉快,一边管理国际部所有外籍教师的在职手续,一边协调国际部所有教师的教职生活,帮助毕业班的学生们安排讲座、申请学校。尽管工作内容细杂繁重,但也乐在其中。来自罗马尼亚的Cathy,是位年近花甲的女士,独自在上海工作,有问题总爱来找幽草帮忙,还戏称她为"the light of the office"(办公室之光)。国际部的课堂仍在逐步

丰富，又即将引进国外的全资课程，"我期待着在这个领域大展拳脚，一方面它可以发挥我英语教育的专业所学，另一方面，我相信上海的国际课程在未来会有极大的发展空间。"

而这一年，女儿两岁，先生忙于工作无暇顾家，母亲的天性，让幽草在平衡"家庭"和"工作"这件事上，毅然选择了家庭。

全职妈妈这个角色，对幽草充满了挑战，无论身心。好在过了不久，两岁半的女儿就开始上幼儿园小托班，生活也因此有了一些思考的余裕。放弃追求职业生涯上的突破，多少有些遗憾，而"全职主妇"的传统定义也让她格外受困。这个时候，幽草决定寻求转变的机遇。

她想起好几年前预备换工作的间隙，打工过的一家果汁店。每天的工作就是接待客人，制作果汁和特色果昔，而果汁出品后到给到客人手上那一刹那的愉悦感，让幽草一直心里暖暖的。于是，在家里，幽草又重新开始了果汁的创作。先是给女儿做，也算是为日后开店，成为"果汁娘"埋下了伏笔。

身为女性，和色彩缤纷的果汁小铺好像有着某种天然的联系。

幽草常会从家里带些自己做的面点、蛋糕到店里去，来喝果汁的客人就有福了——"要不要尝尝肉桂面包卷？""这款燕麦饼干，甜度很低，搭配果汁刚刚好！"幽草温柔软糯的声线，配合着眼前的甜点和果汁，让人幸福感爆棚。

果篓的微信公众号上有一个名为"咯噔日记"的栏目，是幽草和店员伙伴们记录下来的，在果篓发生过的动人画面，这些与客人之间或者是与五原路上的邻居们之间的细腻温情，很难说直接产生营销的作用，但它安静地存在着，就是实体小店的迷人之

处。而幽草相信,正是五原路积蓄的这一份"真心",才有了果篓内里丰盛的收获。

说到果篓,熟悉它的人还会提及店小二,小二外号"卤蛋",卤蛋还有一个身份,便是幽草的先生。

卤蛋真名卢丹,之前是Bartle Bogle Hegarty(BBH)广告公司的创意总监,2015年8月中旬,他结束了九年的广告人生涯,和妻子一起放飞投入了独立果汁品牌的开拓事业。

不过,在果篓,并没有上演一出夫妻店的人间百态,既不秀恩爱,也不做苦情戏。对幽草来说,不是所有的小店品牌都请得起创意总监,而果篓正好有一位。

一路走来,从一家小店到一个品牌,经营的局面逐渐变得多元,变得复杂,为了应对市场也要做出很多妥协。

很多人觉得,从一个朝九晚五的

体制转变到另一个需要自我约束的 7×24 工作体系，依然没有实现自由。一周七天，无假无休，经常会有一站就是十几个小时的时候，但幽草依然庆幸拥有"自由"。"自由"是一种感受，它就像收店前给自己做一杯甜菜黄瓜梨的混合果蔬汁一样，在需要清凉感的时候，满足味蕾。

经营之道：不仅是果汁

在幽草看来，开果汁店、卖果汁，不仅仅是果汁本身，也不单单是收入所得 30 块钱，而是一系列和"果实"有关的试验。通过一系列的活动，比如开设果汁课堂，开发周边产品，举办拉近人与人之间距离的甜聊会，做一本不怎么赚钱的独立小刊，都是将一件事尽可能做饱满，吸引来志同道合的果汁迷，呈现出水果的美妙之处。

果汁课堂

"通常，走进一家果汁店，你们会怎么点单呢？"

"选一样我自己平时最爱吃的水果来点,像梨汁,苹果汁。"一个学员抢着回答。

"看一看这个季节有什么新鲜水果上市,跟着新鲜水果点!"另一个学员接着答。

这是果篓开办的"果实课堂"的互动现场,大家在果汁操作台,围绕如何点果汁开始了七嘴八舌的讨论。

2018年4月,在果篓小店开了三年后,幽草开启了果汁领域的新篇章——开办了大家可以在现场亲自动手制作果汁的"果实课堂"——喝了果汁,也要知道果汁是怎么来的。通过这样的课程,了解当季的新鲜水果之余,还可以直接在现场动手制作一瓶自己调配的鲜榨果蔬汁,作为礼物送给朋友和家人,既实用也有新意。

除了从口感出发——酸的甜的,或是从功效出发——助消化、轻体,其实还可以喝出更多创意来。比如喝它的颜色,抛开果蔬原本所具备的食材属性,以橙色、绿色、紫色,"三种色彩"为主题,引导学员开启一段不同寻常的果蔬汁制作体验之旅;比如脑洞大开的果汁搭配:"番茄和胡萝卜还可以这样搭配啊!"同一种水果,比如梨,品种不同,榨出来的果汁口感也不同。学员们的心得也会给幽草带来灵感,有一位学员就会在单一的苹果汁里加入亚麻籽油,帮助降低胆固醇。所谓教学相长。

幽草记得很清楚,有过一对七八十岁的老夫妇,一边听她讲解果汁的搭配方式,一边记笔记,也会举手分享他们自己在家做果汁时的自由搭配。爷爷嘴里念叨着"也不能自己随便组合,会做出非常难喝的东西来",逗乐了在场的其他学员。可以想见,果汁温暖地融入了他们日常的生活中。课后,奶奶走到幽草身边,询问番茄可以和家里常见的食材做怎样的组合。那天,幽

草在公众号里写道:"她前倾颔首的身体透着谦虚,她的脸庞挂满了好奇,就像一颗悬在枝头的饱满果实。"

果篓小刊

果篓小店开了快一年的时候,幽草和卢丹想做一本独立杂志,尽管,纸质媒体已经被无限地唱衰。

果篓从开店第一天开始,就还原了它的品牌形象本身——一位农夫背着一只竹篓。所以,《果篓小刊》也是以"果实"为主题,讲述果农的故事,以及他们的生产和生活。

在上海,越来越多的人向往大山,或许一本小小的刊物能解释人们的好奇,让人暂时卸下疲劳。而果实,不只有挂在枝头的。它是农人耕种的一片土地,一座果园;它是年复一年里锄头之下的汗水,与养育子女的心酸;它是养分,化作人一生的故事。

千岛湖甘山村、广东梅州柚子山,每一期《果篓小刊》都会定下一个极其微小的目的地,锁定一些有故事的人。用图文来表达他们心中的诚意:好的果实不只是甜,而是充满了各种味道,有酸的,有涩的,甚至有苦的,因为那就是生活,而

认真的生活,总是如歌一般的。灵感来的时候,小刊再附赠一组歌曲。

周边产品

一次难忘的新疆旅行,让幽草动起了原生态若羌红枣的脑筋,起先为店里设计了红枣热巧克力,在客人间口口相传。

"除了红枣,新疆还有什么好吃的?"问吃的客人越来越多,也让葡萄干的入驻变得更为顺理成章了。

在五原路一边做着果汁,一边琢磨着来往客人的口味。而过去的旅行经验，也在源源不断地为果篓输送饮品的创意。

同时，随着果篓店铺的增加，只以果蔬汁作为产品开始暴露出它的单薄，这也加紧了全店对于周边商品的开发。在经营压力的推挤之下，果篓店员们群策群力，四处搜罗符合果篓特色的好果实。伊犁的黑蜂蜂蜜来了，大杏来了，桑葚山楂条也来了，果篓的果实团队越发壮大。不仅如此，每一个果干都有人设，"傻大杏""桑葚女""山楂男"，还出了小随身装。每次上线200罐，基本上能卖断货。

买果干的客户差不多都是回头客。虽然不是大规模生产，也正符合果篓"小店"的味道。幽草还想着，未来可以有短篇果实集，甚至出漫画。

线下活动

店铺除了"我卖你买"外，也是一个对外的窗口。利用小店举办各种线下活动是果篓的一种"社区探索"。时间最久的是"甜聊会"。

因为来果篓喝果汁的客人越来越多，新客人变成老客人，老客人又带来新客人，大家又都变成了朋友，而朋友之间的聊天话题就不只限于果汁，"既然在果篓这么好聊，我们干脆举办聊天会吧，在果汁甜蜜的味道下，我们就把活动叫作'甜聊会'。"果篓的创意总监卤蛋的这项提议得到团队的一致通过。于是就有了一月一期"甜聊会"。

每个月第二周的周六晚上，果篓就会关店门，挂上"暂停营业"的牌子，一屋子人喝着甜甜的果汁，顺着某个不预设不固定的主题聊起来，聊着聊着，就有客人推门而入："请问有果汁吗？"大家异口同声："有啊。"

幽草自己也做过分享人，那次，她和大家聊旅行中让人流连忘返的"小店"。幽草喜欢日本作家吉本芭娜娜，她在《食记百味》中写过的恰恰是幽草心中所想——我可能太天真，认为这个社会有很多不是作为事业的店，不会变得富裕。我喜欢作为日常的店，或是作为款待的店。我喜欢把自己融入店里人的日常中。

办展览

果篓也是一个小型展览馆，一个季度换一次主题。用剩下的果蔬渣印染成纯朴又文艺的布料，起名"果实别漾"，成为果篓"八平展"的开幕展品（18平方米的小店里，除去厨房空间，幽草腾出靠近店门的八平方米空地，两面接近毛坯的墙面作布置展览用）。

也举办过一次和日本手作艺人合作的展览，店内展出并销售的手作也成为新的收入来源。

和客人互动

在果篓，除了寻常杯装的果汁，店里还提供给客人瓶装的形式，很方便放在包里带走。果篓开店之后的第一句品牌宣传语——"不过是拿真心和实意，与光阴作交换"，被拆解成单个汉字，附在每一个瓶子上面。客人们喜欢自行组合文字，形成词语，像"不交心"、"过光阴"，等等，买单瓶的客人，会挑选符合当下心情的字，心情不佳的，就会选"阴"；午饭吃撑了的，就会选"实"，又好笑又有创意。瓶子随着一位位客人，漂出果篓，漂到城市的东南西北角，于是便有了一个"漂流瓶"的称呼。

瓶身上的广告词一个季度会更换一次，随着大家对文字的兴趣，果篓开放征集新一期的"漂流文字"，一来一回，和客人的互动也变得更加紧密了。

激活街区

先不说唇亡齿寒这么功利性的出发点，你在这个街区，那么你就不是一个单独的个体，街区的生命力和你的店铺好不好一样重要。果篓小铺里一直有个地方，欢迎大家将店铺联系卡片、活动宣传单放过来，后来，每个店里都有这样一个角落，比起单打独斗，五原路的商铺呈现了第一次联动。

也考虑到五原路上有很多建筑师、自媒体、杂志编辑、画家、音乐人开的工作室，他们被拉进群后，宛若居委会的组织便自发策划了一次五原路市集。

连锁是洪水猛兽吗

2017 年，幽草和她的生意合作伙伴，也是她的先生，卢丹，准备走出街边小店的单店模式，跨出连锁的第一步。

新的三家店都开在商场里。

说起来，一切都是因为"诚品书店"。在店里当班做果汁的日子，幽草最喜欢播放的背景音乐是吴金黛的专辑《我的海洋》，让来自台湾各个角落的海浪声，环绕在果篓五原路 18 平方米的小空间里。专辑购于诚品台北敦南店地下一层的音像区。

在果篓经营了一年多之后，一个偶然机会结识了诚品书店落地上海项目的负责人，并受邀加入这个项目。但就在做齐所有开业准备工作之后，诚品在上海的项目因各方原因临时发生了变故，首家"商场店"还没开业，就已宣告结束。也因为"诚品书店"的机缘，商场店无形中成了果篓未来发展方向上的一条必经之路。

人生中很多事情可以通过阅读、听取前辈的教训等方式取得经验，但将"一个品牌带入连锁模式"这一项，幽草觉得没法通过上述的途径帮助主人做决断，甚至没法预计和想象。每个人的情况不同，每个业态，以及所在城市也不同，只有自己亲身走过这条路，才真正体会路上荆棘刺破皮肤的痛感和快感。

如何集资

果篓的集资方式是众筹。

2017年11月18日，幽草生日，也是果篓面对所有参与众筹的共建人的线下路演活动的日子。除了投资人，意向共建人里还有果篓的客人，从果篓开业之初就持续关注着，对品牌本身有一定的了解，对于果篓也有异于寻常的信任。

在卢丹主持并做完项目陈述之后，三十多位共建人对这个项目发出了不同的声音，有对果篓运营能力的质疑，有对回报率计算的疑虑，也有对整个饮品行业竞争的忧虑，总之，真实存在的问题都在那个场域中被放大了。

结束第一项陈述环节与第二项答疑环节之后，幽草和卢丹又一对一地向到场意向人说明品牌经营思路与可能会碰到的问题。

路演是成功的，幽草总结，大家热切期待这个项目得以落实的两大关键点：一是根据市场的反馈，饮品行业在整个餐饮行业中的异军突起，让大家怀抱信心；二是在被大型连锁品牌占领的市场中，大家也急切盼望看到更多更加个性化的品牌来点亮或改变果汁连锁店给受众带来的单一印象。

尽管发起众筹是果篓为了新店筹集资金的商业运作，但对幽草来说，其中的价值远不止一笔钱。

在路演现场，大家对项目的迟疑其实是在敲警钟，提醒主人，需要快速提高运营能力，需要多方看准市场动态；而"人"永远是最精彩最有生命力的，所以，幽草也希望借助这 32 位共建人的想法和资源，丰富和滋养果篓，尝试让小众果汁品牌在市场中良性运转。

但是，每个项目的情况不同，无法一拍子打死说众筹是好还是不好。在幽草看来，如果一个品牌资金链紧张，无奈只有"众筹"这条路可选时，前期做好"筛选"很重要。看清自己在经营中的短板，然后在众筹的过程中，尽量选到一批可以补齐自己劣势的共建人。在不同的声音之下，相信可以少走弯路。

Q&A

○ 今年是开店的第几年?

第七年。

○ 如何找到房子的?

有了开果蔬汁店的计划之后,我们先梳理了未来有可能会发展的方向,比如做杂志、办活动,同时也预想了会吸引什么样的人群。基于以上几方面的考虑,把选址范围锁定在自己平日就喜欢逛的几个街区。

刚开始寻址就是一遍遍地走,一遍遍地看,通过身体力行的方式去感受每个街区的氛围。也就是在看过一次又一次之后,我们在湖南路街道这一片街区里遇到了一家正在转让的店铺。店头偏低,是五原路这一段几家铺子的通病,因此在外观上不太起眼。而且,在靠近马路的人行道边有一棵梧桐树,会挡住马路对面行人的视线,这是两个特别明显的劣势。但是,我们非常满意它的地理位置和面积,权衡了一下就租了下来。

○ 小店总面积多少?

真的是小店,只有 18 平方米。

○ 房子改造花了多长时间？

一个月。

这间店面早前是一家桂林米粉店，后来又空了差不多两个月，一直没有找到合适的承租人。原本的格局是在门口处有一个收银台，后方是厨房和仓库，整体面积显得比 18 平方米更小。所以在装修的时候，我们把收银台后移，拆掉了厨房，只留下一间小仓库储存水果。预留出很多空间，方便客人走动。

○ 室内设计师是谁？

没有请设计师，一切从简，在拆除掉部分不必要的配置之后，重新粉刷了墙面，做了更轻便的收银台。除此之外，搭配了符合我们店铺特色的软装，纯白结合木质的，呈现"城市农夫"的感觉。

○ 改造房子花了多少钱？

两万多元。

○ 线上和线下营业额大致配比如何？

在疫情之前，我们线上和线下的营业额配比在 2 ∶ 8，线上的渠道还是作为实体门店的一项辅助工具，为不方便到门店消费的客人提供的一项邮寄服务；疫情之后，线上和线下的营业额配比逐渐变到 3 ∶ 7，线上比例还有增加的趋势。

○ 一句话经营之道？

不过是拿真心和实意，与光阴作交换。

○ 疫情对小店影响大吗？

大。从客流上说，2020 年 2 月初应该是公司陆续开工的时候，年前放假的街区里的工作室或是附近的写字楼也应该迎来复工了,他们都是我们的客人,但五原路上依旧看不到什么人,营业额经常为零。随之而来的是人们的消费力和消费欲望下降;而同时,小店本身就是小体量,是精心打磨了门店后,提供给客人的直接体验,这也使得我们线上的经营能力比较薄弱。所以,很多品牌第一时间由线下转到线上的营销模式,并不适用于果篓,我们也没有放弃继续开发线上渠道,但是收入很有限。

○ 今后三年有什么打算?

会开启《果篓小刊》第三期的策划与采编工作,希望一年可以深入耕耘了解一块土地、一片农园,让自然在《果篓小刊》中扎根。我们也会继续寻访合适的空间。这样的空间,必须可以平衡我自身的开店理想、果篓传递的价值以及经济独立。期待它能像果篓的五原路起点一样,分享友善的经营环境和居民的街区生活。

果篓也希望进一步挖掘线下消费场景,丰富这个品牌的含义和内容,会考虑开发新的业务板块,果汁培训已经启动了,还有版权授权、农场旅行等。

○ 对同样开小店的人有什么建议/忠告?

了解自己,深入地了解自己,知道自己的优势和劣势。在经营的过程中,抓住机会发挥自己的所长,找到合适的方法来弥补自己的不足。锁定目标客群,建立紧密的社群联系。

第六章

Quarter café

好吃的咖啡馆

品　牌	Quarter café
品　类	咖啡馆
女主人	李老师

圈点之处

- 上百个不同的杯子，每一个杯子都是一个故事
- 超级好吃、有妈妈味道的猪油拌饭是城中人士前往打卡的一大动力，"圈地斗法"搅动城市的嗨点

　　2017年5月的一个晚上，在开创并经营了小酒馆Half一年后，李老师和朋友喝完酒准备回家，结果走反了方向，路过正在出租的一个中式二层楼铺子。一眼看中，大半夜捂嘴笑了十来分钟，第二天打电话联系房东，就是现在的Quarter。Half是二分之一，Quarter是四分之一。

　　那个时候，Half已经在杭州小有名气，集口碑和生意于一身。除了小酒外，还有一道阴错阳差红起来的猪油拌饭。但李老师心里还有个执念，她要开一家纯中式的小酒馆。

　　当大部分人还在走"怎么潮怎么来"的路子的时候，李老师觉得木头感的中式气息才是小酒馆在中国应该有的样子。她花了很大的力气找铺子，尤其是中山北路、将军路上的老药房——她想，直接接手一家中药铺，原本放药材的抽屉就可以变成放鸡尾酒材料的地方。但碍于没有上下水的老房子没法做饮品，以及过于浓重的陈年药味，这一想法没能实现。

　　直到那天晚上看到那个铺子。

铺子在御街（南宋皇帝走的路）元福里（绿城的一个中式楼盘）旁，青砖白墙的二层小楼，很多人直到 Quarter 开业后才说："以前一直以为是文物古迹。"虽然招商的人说已经和一个做古董的人谈妥了，却没能经得住李老师的软磨硬泡死缠烂打，以及提前交了 20 万押金的诚意。

所以说，在 Quarter 还没落地前，就已经被设计好了全部模样。

当然，设计师是反对李老师这种想法的，他们一致认为，如果内外都走中式路线，气场就会显得过于浓重，倒是适合开咖啡馆，年轻和古旧中和。

很快，这个设想就被现实磨成"真"了。

按照李老师的计划，虽然是一个小酒馆，但可以借这种楼上楼下的格局把酒的品类区分开来。楼下是"轻"的，提供气泡酒、果蔬类低酒精饮品；楼上则是"重"的，高酒精度的，或是鸡尾酒。然而客人却不买账，往往是喝着喝着就上楼了，原因很多：水磨石吧台冷，座位不能躺着。

既然喝酒的氛围营造不出来，那就做成咖啡馆好了。

临时转成咖啡馆并不是说咖啡馆的门槛低，更多的基于李老师本身就是个咖啡控和咖啡馆控。喜欢咖啡，外出旅行除了打卡咖啡馆外，喝到好喝的咖啡还会和老板攀谈，顺便带咖啡豆回家；而对咖啡馆的依赖是不知道什么时候养成的"没法在家干活"的"恶习"，背着电脑找一家咖啡馆办公是李老师的常态。基于这些，开一家咖啡馆是一个不错的选择，尤其对于一个高智商学霸来说似乎并不难。

李老师毕业于复旦大学法语系，本科毕业后在巴黎念艺术史，重点修现代摄影。2011 年，为了能和摄影师马良到泉州做布袋戏人偶的采访项目，休学

一年。项目很快结束了,但还有大半年的时光。这个时候,一个曾在巴黎开餐馆的朋友转战南京,向李老师抛来橄榄枝,有过不少餐厅经验的李老师便入股参与了餐厅经营。

本来以为只是打发时间,中间却发生了不少变故。一直以来的白领梦突然间不被自己重视了,父母的老去让她不想离家太远,而要找个和本专业相关的行业,不是画廊就是拍卖行,算不上特别好的出路。李老师转念发现,手头在做的餐饮业似乎有更好的发展前景。尤其在第一家小酒馆 Half 开业后,投资人的支持也给了她信心——他们不参与管理,但愿意给她钱,至少说明

第六章 o Quarter café

餐饮业是个收益稳定的行业，算得上一个不错的理财产品。

要将楼下的空间作为咖啡馆运营，不单单是买个咖啡机这么简单。咖啡馆不光要有好看的空间，还要考虑厨房、吧台的设计和动线，如果这个动线混乱，咖啡师和收银员就会经常撞上，完成一杯咖啡的流程被打乱——咖啡师会有一种"咖啡机、磨豆机、空杯子、水池分布在了天南海北"的错觉。

Quarter 要分支出一个 Quarter café 时就遇到了此类问题，咖啡机放吧台上，太高，总不能让咖啡师每次都要站在凳子上；放在操作柜上，太低，日复一日弯腰不是一个长久之计，最后，以增补一个木架解决了咖啡机的放置问题。

小心得：做出差异化

咖啡馆非常考验整体性，请设计师时一定要看他的作品，并深入、真诚地沟通，双方都不要勉为其难。有人觉得能够撑住大场面的设计师来做咖啡馆肯定是大材小用，上厕所的时间就可以画出图纸的。但他们不懂的是，在"设计"这件事上，小空间往往更复杂。

时常泡在咖啡馆办公的李老师在 Quarter café 筹备期一直在思考的是"差异化"。

纵观市面上纷呈的大小咖啡馆，大致可以整理出两条线。一部分咖啡馆老板自己就是专业咖啡师，或者拉花特别厉害，国际上获过奖，多少都有一个头衔，客人们冲着他们的技术而去，称之为"技术流"；另一部分咖啡馆则是通过甜品取胜，咖啡配蛋糕本来就是天作之合。当然，这样的咖啡馆里咖啡本身也不差。

反观自己，和大部分只是心怀梦想的普通人一样，要花大价钱请一个大牌咖啡团队或是甜品国际大师，现阶段不太可能；自己去进修成为爱豆级咖啡大师，学习能力超强的李老师是不怕的，但不是当下紧要的事。如何让Quarter café 在咖啡馆丛林里快速崛起，李老师先是贡献出她的上百个宝贝杯子。

李老师是个杯子控，旅行所得、让做古董的朋友帮忙收的、小型拍卖会上拍得，有田烧、九谷烧、信乐烧等，都是孤品，独一无二。她把这些杯子都挪到了店里，客人点咖啡的同时，还可以点一个自己喜欢的杯子，喝一杯咖啡，就像完成了一次和艺术的对话。

和杯子打上交道后，Quarter café 还研发了一款曲奇咖啡杯——用曲奇烤了个杯子，几次试验后发现里面用来做澳白最好。中间用巧克力封一层，杯子就不会湿，客人也不用担心杯子融化而喝得心急火燎。很快，这款咖啡就在社交媒体上风靡了，先喝一口醇香的咖啡，再轻咬一口脆脆的曲奇。

去过 Quarter 的人哪怕不知道老板是谁，都会有一种"一定是女人开的店"的印象，倒不是说 Quarter 的装修多么女性化（事实上更偏硬朗），而是角角落落里透露出来的温柔气息——空调口的位置常年备着毛毯，洗手台上放着好几个品牌的洗手液、护手霜、漱口水和香水，以及女士补妆工具，桌上的鲜花按时令插放，这些细节，对于女性来说，是天性，她们往往很容易把小店当成自己家，本能地观察到更多细节。

小心得：咖啡好喝才是王道

认定口口相传的重要性，所以，对于空间、产品的呈现，要尤为重视。

第六章○Quarter café

每一个设计和开发，都要考虑是不是能够激发客人拍摄以及分享的欲望。

无论男女，都会和形形色色的人打交道，切记要在商言商。不要把自己的性别当优势，刻意突出自己是女性，赢得他人的特别照顾；也不要因为自己是女性而顾影自怜。

Quarter 的一系列差异化设计算是成功了，但是，作为一家咖啡馆，咖啡本身如果不过硬还是不行的。

Quarter 咖啡好喝，很大一部分原因是每一款咖啡李老师都要先试过，或者，换句话说，是她馋某款豆子后，买来试喝后再给客人的。旅途中背豆子回来是常有的事，喝到好喝的咖啡直接和老板聊几句问到出处。最多的一次是带咖啡师去日本和中国香港考察，考虑到保质期，最后减量，背了二三十袋（每袋200～300克不等）回来。大部分时候，李老师在网上看到喜欢的店出了小众豆子，也会先买来试试。

和员工分享每一款豆子，每个人都要说得出豆子的基本情况，以及自己对咖啡的理解。李老师虽然随性，但很重视这些背景知识。就像店里杯子的背景知识也是作为老板的李老师需要亲自教给员工的，毕竟，惊叹"这款杯子好好看"的客人太多了，那么店员就有必要及时做出解答——这是意大利手工杯子，那是英国跳蚤市场买来的，这是瓷器名家经典款。在李老师看来，无形的文化教育其实就在增加品牌附加值，要比教员工去面销利润高的饮品有趣得多。

很多人好奇李老师的管理考核方式，这是一个不看KPI的咖啡馆。李老师觉得，KPI并不适合她这样的独立小餐饮。举个例子，比如一位员工领位了这个客人，并给他们点了咖啡蛋糕，过了会儿第二位员工路过他们时，客人说，再加一块蛋糕，那么，这块蛋糕算在谁头上？与其每天纠结这些，不如大家努力提高整体营业额，李老师就拿出一部分来分，让大家觉得，多卖一点儿，每个人都有份。

小心得：小餐饮的魅力在于例外和特殊性

很多人喜欢用大企业的标准化来衡量，好像不用邮件就很不专业，不聊聊 KPI 就很不在工作状态似的。其实，小餐饮的魅力也在于可以有例外和特殊性。比起用数字考量员工，李老师更相信自己的观察。员工呈现出来的状态其实已经可以说明一切了。

吃一碗猪油拌饭，再配一杯手冲单品咖啡，是很多人来 Quarter 的标配。猪油拌饭最早是小酒馆 Half 的标签。那时候，小酒馆没有菜单，所在的地方在修地铁，周围几乎没有商铺，外卖也还没有流行，客人喝完小酒说饿了也是一点儿办法都没。李老师就想到用自家常做的"快手饭"为客人临时充饥。

江南人家里常有亲手熬好的猪油，做菜特别香。而晚上肚子饿了时，剩饭热一热，酱油滴一点儿，猪油拌一拌，就是一碗香喷喷的猪油拌饭，因为方便也被称作"快手饭"。而这碗饭无意中让 Half 瞬间火爆。再后来，开了 Quarter，猪油拌饭也应广大客人的一致要求，再次登上菜单。

自称"三百碗不过岗"的李老师痴迷于做菜，不像其他老板，指望着厨师采购，或是供应商送货上门。她最大的乐趣是自己去菜市场，挑菜的同时，脑子里就开始搭配菜式。春天来临的时候，李老师开始研究一种日式早午餐，如果你去 Quarter，偶尔会见到从后厨出来喝咖啡的李老师。

"这事儿看起来目前只有我能做，因为大家对这个日式早午餐还没理解，没有概念。"李老师说这个概念算不上她独创，但从整个思路来看，的确更接近日本人的家常饮食。

怎么来形容呢，大约是，买一个大吐司，每天切一片，上面撒一些"有的没的"。而这个"有的没的"看起来简单，其实都是当季时令原料：春天是蚕豆，夏天是苦瓜，不像英美式餐，永远不变的西红柿鸡蛋培根。可以用前一晚吃剩的剩菜而不是重起油锅，低油低盐低糖杜绝重口味，精打细算但又可以有好胃口。

小心得：拳头产品很重要

一家咖啡馆有一款拳头产品很重要，它能让你时不时被人记挂起。而这款拳头产品怎么来，需要时机和运气。主人要常常在店里观察，客人的反应、评价，员工伙伴的态度、出品水平；主人也要不时地操刀实践，而不是拿来主义或做甩手掌柜。当然，如果主人有丰富的阅历，能够为一款产品增添一个故事和背景，那就是情感附加值，可遇不可求。

面对投资

2016年开小酒馆Half的时候，李老师经常会收到投资方抛来的橄榄枝；2018年开了Quarter，投资方只能用"极少数"来形容；2019年，bistro夏久开业，虽然生意是三家店里最好的，投资人却是一个都没了。四年来，李老师见证了资金的趋利性，以及投资方的日益谨慎。

很多人面对投资方时会慌，很大程度上出于没有准确的自我定位，有一种"太想拿你的钱又不知道如何回报"的犹豫。要让自己有底气，就得知道自己是什么。

李老师一开始就认定自己开的是独立咖啡馆、酒吧，而不是鸭脖店、奶茶店，既然"独立"就不适合大规模复制，也不需要随处可见。尤其当她眼见当初在南京入股的餐厅迅速扩张后，并没有迎来美好局面。

"你可以去投连锁的阿拉比卡，但不是我们这样的店。这钱我不敢拿，拿了不知道怎么交代。"李老师会告诉投资人，"我开的不是便利店，不可能用几个数字来表明我可以在一个时间段内开出几家。"

自己复制自己，就是和自己抢客源。

面对困难

定义和命名

Quarter楼上楼下不同功能的特殊性，也给"搜索"造成了一定困扰。

一开始，大众点评用Quarter café和Quarter作为咖啡馆和酒馆的区分。最近碰到特别麻烦的事是两者又被合并了，直接导致本想搜"咖啡"的客人看到一大堆关于酒的点评而放弃前来Quarter的打算。对李老师来说，现在更名，不仅需要再次工商注册等手续，而且之前积累下来的人气也被浪费了。

李老师要说的是，开小店虽然是一件相对个人化的事，可以任性，也可以由着自己的性子来，或略过市场调查这些步骤，但是，小店的名字一定要事先准备妥当。

招工

疫情导致极高的员工流失率，一部分员工是家里负担太重，要回老家就近找工作的，还有一部分要回去接手家族企业。在李老师看来，招工这件事，朋友圈发发广告很有限，相对来说，招聘网站相对靠谱些。有时会遇到与本行业完全不相干的人来应聘，比如导游，令人哭笑不得。

问："你有餐厅经验吗？"答："没有，但我至少能讲。"问："为什么要来做服务员？"答："因为导游找不到工作。"

本来以为餐饮这个行业门槛很低，现在看来，更低。

质疑

咖啡馆有不同的声音很正常，食物本身就是一个复杂的品类，每个人对口味的标准也不一样。

有一次，店里小姑娘一时兴起，自己熬了果酱加苏打水，设计出了一款新的饮品。但客人觉得太酸。面对这种情况，对于咖啡馆来说，不应马上去调整配方大量加糖，万一下一个客人又觉得甜呢？

李老师常常在做的是设定品控标准,将比例固定下来,将每一款饮品都标准化——如果在保证食物已经定型的前提下,客人觉得不好喝,那老板就有底气:可能是你的口味偏好独特,我就送你别的。但不会自我怀疑,也不会怀疑员工。不然店就开不好了。

回过头去看前面那个例子,李老师会告诉客人:"酸,是因为没有加糖浆,这样的饮品比较健康。如果你喜欢更甜一些,那我给你再加个甜度。"

店里有一款高汤烩饭很受欢迎,但也有人质疑它:"不就是菜泡饭吗?怎么不是芝士口味的?"李老师的解决方法是,先解释,烩饭有很多种,我的烩饭不是芝士口味的,如果你想吃也可以满足。于是开发出了一款名叫"四种芝士烩饭"的烩饭,一次性烩四种芝士。而不应该当有客人说烩饭不够浓郁的时候,就在原先青豆烩饭上加一坨芝士——可能这样是满足了眼前这位客人的需求,但随之而来的问题会越来越多。

如何营销

江浙沪地区公众号价格高已经成为公开的秘密,几万块钱一篇头条在李老师看来并不能和最后商家的收益成正比。她曾试着做过置换,也就是用免费吃大餐的名额换取读者在公众号底部留言。看起来是很漂亮,留言的人可以拉出一长串,但这些人里,很少有商家真正想要的目标客群。他们的共同点是:很给面子地给一些好评,却不会消费第二次。李老师也认为,大家也已经变聪明了,能够辨别出公众号上的广告。

Quarter 刚开业的时候,策划的第一波推广是请 Half 的老朋友来试菜。他们对这个品牌有一定的基础认识,也会拍好看的照片,有助于第一炮打响。头一批人很重要,他们对餐饮是有敏感度的,喜欢探新店,作为商家,就要认真招待，并听取他们的意见，及时做出反馈和调整。

另一方面，李老师非常鼓励身边写公众号的朋友说真话。首先，不要看不上小号，可能只有几百阅读量，却是实打实的，在特定的圈子里具有很强的公信力；而相比一味是好话的广告，李老师觉得，因为客观才更真实。有人推文前会征询她的态度，李老师就告诉她，好的坏的都写，没关系。真实的东西才能真正打动人。

Q&A

○ 今年是开店的第几年?

2017年5月找到铺子，2018年初试营业，三年多了。

○ 如何找到房子的?

我很早就有一个做中式酒吧咖啡馆的想法，而且很具体，所以一直在找。最先想找老的中药铺，现成拿来可用；但考虑到中药铺没有上下水，而且药味浓重，又不得不找新的店面。有一次走路经过元福里（一个中式楼盘），街角正好有一个中式二层楼小房子，恰巧也非常符合咖啡馆的地理设定。

○ 小店总面积多少?

一共190平方米，楼下 Quarter café 的部分不到70平方米。

○ 房子改造花了多长时间?

半年多。

○ 室内设计师是谁?

朋友友情帮忙，但他专业做大型商业空间的，小空间做得很少。

第六章 ○ Quarter café

○ 改造房子花了多少钱？

我们对整个空间进行了结构重组，把能打掉的墙都打掉，重新搭了钢结构，重新造了一个楼梯，只硬装就花了 105 万。还有设计师费、软装等，以及，因为都是现浇，得等干，光是晾着的时间就是以"月"计算，房租也算在内，一共花了 300 万。

○ 线上和线下营业额大致配比如何？

目前线上几乎为零。

○ 一句话经营之道？

店里卖的东西都是我自己喜欢的。

○ 疫情对小店影响大吗？

非常大。小店完全依赖线下实体到店就餐，但都没有得到免租政策，人工、租金都没变化，营收却一落千丈；而我们的产品，无论牛排、鸡尾酒、意面，没有一样适合外卖；勉强可以做外卖的咖啡，又无法和星巴克抗衡。而区别于星巴克的我的招牌咖啡也只能堂食（曲奇会融化）。同时，人员流失率很高，员工等不了，有家庭负担的就回老家就近找工作，家里底子还好的，比如家族企业开工厂，却因为工厂人员流失需要他去弥补。

乐观一点儿想的话，疫情其实在促使我加快调整的步伐。首先我暂停了原先要开的两家店。同时我在想，我应该通过什么方式来减少损失？

○ 今后三年有什么打算？

一方面，调整产品线，既可以堂食也适合外带，扩大产品的受众面；另一方面，个人角色的多元化。我自己有没有可能就是一个酒类、咖啡豆经销商？同样一瓶酒，供应商给我的价格和在便利店的价格是一样的，经常会导致客人宁可付个开瓶费从外面带酒来，失去了我开店的氛围和意义。

同时，我在尝试做一家线下综合体验店，也是一个改变各自产品的契机。

O 对同样开小店的人有什么建议 / 忠告？

如果你不差钱，那就开一家小店玩玩。咖啡馆没法赚大钱，也就挣个基本工资。不要指望能做甩手掌柜，在自己的咖啡馆里晒太阳看书喝咖啡这种美好想象几乎不会发生，和生活梦想什么的基本没有关系。

要做好吃苦的准备。不仅是我，我认识的咖啡馆老板，从早上 10 点到晚上 10 点都在做咖啡、研究豆子、研发甜品的大有人在。

虽然不用给人打工，不用看老板脸色，但是，风水轮流转啊，你可能要看员工脸色。

开店一点儿都不好玩，比上班族累多了。

第七章

Cy工作室

公寓楼里的咖啡香

品　　牌	Cy 工作室
品　　类	咖啡馆
女 主 人	陈悦

圈点之处

- 女主人拥有 SCA 冲煮高级认证、SCA 感官中级认证，是 IIAC 国际咖啡品鉴师、SCAA 金杯大师、高级咖啡师、咖啡师国家职业技能竞赛裁判员
- 开在公寓楼里而非街边也能有不错的现金流
- 工作室开设咖啡技能课、咖啡体验课

突如其来的疫情，对各行各业都造成了摧毁性的打击，但在咖啡师陈悦这里，倒是出现了另一种转机——原本习惯了到她工作室喝一杯手冲咖啡的客人，转而开始向她采购手冲三件套、滤纸，以及定期配送的咖啡豆或是咖啡粉，哪怕宅在家里，也可以喝到咖啡。

相比需要咖啡机器萃取、蒸奶器蒸奶，再用牛奶拉花覆盖在浓缩咖啡上的传统意式咖啡，手冲咖啡在工具准备上更简便，手冲壶、滤杯、分享壶和滤纸即可，占地不大，非常适合居家或是办公室冲煮；而在口味上，单品豆在水的作用下散发出来花果香或是咖啡焦香，层次更丰富，口感更清爽。

一杯好喝的手冲咖啡不仅豆子好，器具好，还要讲究温度、流速，不是把水倒进咖啡粉这么简单，这也很考验经验。但无论如何，能渐渐被人接受和喜欢，是陈悦从事咖啡行业这些年里最想看到的景象。

挑一款新到的单品咖啡豆，称重、磨粉，咖啡粉在闷蒸的过程中渐渐膨

胀，像熔岩巧克力，飘来一股厚实的坚果味。先用手冲壶冲完，再等全部滴完，正好两分钟。陈悦心里满意，将壶里的新鲜咖啡分倒在两个咖啡杯里。

理想的午后，就是能把咖啡喝出层次，而这种层次，很大程度上取决于是否足够"笃悠悠"。它们是不同于为提神而硬来的一个意式浓缩，不是上班路上手握咖啡杯的惯性姿势，它们仅仅是因为满足了"时间宽裕"和"周遭安宁"后咖啡和舌尖交融的一种美好体验。就像两位客人说"口感清爽，唇齿留香"，这些词虽然抽象而大路货，也足以让陈悦暗爽一阵子了。

午饭过后，是 Cy 工作室的第一个小高峰，附近写字楼里的白领趁午休时间过来喝一杯。大多数人不挑豆子，陈悦给什么喝什么，喝多了就有感觉了；也有大拿级的熟客，从来都只喝固定的几种，进来后也是不需要多说话，坐着等咖啡就是了。

Cy 工作室位于商住一体楼 11 层的一间公寓房，loft 格局，真正可以用来堂食的只有主层五十多平方米的空间；阁楼三十多平方米用来做咖啡培训，不接待散客，还有一小块是陈悦练瑜伽的私人空间。

很多人开咖啡馆首选沿街商铺，为抢到一个转角位能高兴好一阵子，但这些都不是陈悦想要的。相比客人经过、张望后，随意进来喝一杯，陈悦则希望到她这里来的人有一定忠诚度。开在写字楼里的结局是：客人必须对店铺有所了解后带着一定目的前来，这种方式在无形中对客人进行了第一轮筛选。

"如果只是好奇，或者把咖啡当道具来一顿自拍，我这里不适合他们，"陈悦有这份自信，"我的工作室不是服务性质的咖啡馆，客人进来就只是看环境看装修看服务，我想要的是被咖啡吸引来的客人。"

而这份自信，源于过去六年的积累。

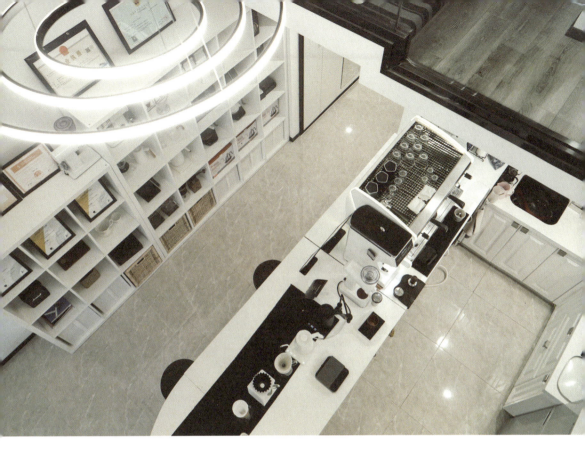

　　陈悦全身上下和"文艺"没什么关系，从毫不诗意的工作室名字上就能看出来——Cy 工作室，简单取了名字的拼音首写。

　　理科生，毕业后就职于水处理公司，常年出差。2014 年，陈悦决定结束这种"动荡"不自由的生活，一直喜欢喝咖啡的她在一个人气还算旺的商圈开了第一家咖啡馆，尽管现实和梦想差得很远——喝茶的人永远比喝咖啡的人多，喝奶咖的人永远比喝美式的多，而手冲，在大多数人看来，又贵又苦。

　　机缘巧合之下，民宿大乐之野创始人吉晓祥来店里喝咖啡，一杯卡布奇诺把他击中后，邀请陈悦和他去山上一起筹备咖啡馆，就是后来的 lost café。

山上山下两头跑的日子过了没多久,陈悦就转让掉了原先的咖啡馆。

随着大乐之野的布局越来越广,lost café 也开始遍布,陈悦从一个咖啡师变成更全能的咖啡管理者,负责所有咖啡馆设备的选型、采购和吧台设计,再到招人、培训,把他们安排到各个门店。

相比传统服务于人的咖啡馆,陈悦更想做的是纯粹的咖啡。

这个时候,她已经是一个两岁孩子的妈妈。

丈夫的工作性质使得家庭重担几乎全部落在陈悦一个人身上:每周末送儿子学游泳、画画,来回三小时车程;晚上带儿子上平衡车课,或是陪在身边督促学英语学认字。小孩子难免会有各种问题，一不舒服就挂在妈妈身上，哪怕手都要断掉也没办法甩掉儿子。

因此，对陈悦来说，有一个相对自由、自己说了算的阵地很重要。虽然工作室全年无休，很多客人也多是冲她而去，但遇到临时状况，她还是可以先交代店里的小帮手，自己先行处理要紧事，不用向领导汇报，也无须担惊受怕。

而工作室尽可能地按照自己喜欢的样子来做，让兴趣变成工作，成为一处休憩呼吸地，累了烦了有个地方躲一阵。她也在不大的地方布置了一小块地方用来练瑜伽，在呼吸和律动中学着放松。恰当的放松，也让她有更好的精神面貌面对客人。客群以女性为多，以女性来对待，相对安全和周到。而女人和女人之间也容易产生话题，咖啡、瑜伽都是生活中很重要的东西。

作为女人，要担负的东西很多，尤其当了妈妈后，陈悦觉得自己几乎没有了个人时间；而女人想要兼得完美的家庭生活和自己喜欢的事业，要看天时地利，陈悦还是很感谢丈夫的支持，性格温柔的丈夫一直是她的后盾。

陈悦找人设计了 Cy 工作室商标，2019 年年中，全身心投入了进来。

两大底气

既不做市场调查，也不去测人流，还非要把工作室安在公寓楼高层，从事小众的手冲咖啡事业，身边朋友几乎都不赞成。虽然坚持初衷，陈悦还是顺应市场稍稍做了些妥协，在工作室加了一台意式咖啡机，为还不是那么喜欢手冲咖啡的客人制作奶咖。而其他，几乎还是按照她内心想要的模样呈现了出来。

咖啡专业证书

2011年大学毕业后，陈悦便有过一次系统的咖啡学习。那是一个创业班，从选址到咖啡技能，把咖啡里里外外都梳理一遍。虽然不是奔着要开咖啡馆的目的，但每个周末开车去杭州学习还是一件愉快的事，是冗长工作和生活之余的调剂。

随着辞职、全职开咖啡馆，继而管理着多家门店，"资质"对陈悦而言变得愈发重要。情怀只能撑一时半会，咖啡本身的花样也很有限，要让客源稳定并保有一定的期待，只有咖啡师不断精进。

SCA冲煮高级认证、SCA感官中级认证、IIAC国际咖啡品鉴师、SCAA金杯大师、高级咖啡师、咖啡师国家职业技能竞赛裁判员……陈悦都去考了，最难的是金杯大师，每一期都有1/3学员没法通过。考证对于陈悦来说，不仅督促自己勤加练习，而且能扩大自己的社交圈。

"虽然大家分布在不同城市，但咖啡不是闭门造车的事，大家可以定期分享得到好豆子，我也有部分器具的渠道都是通过考试结交的资源。"陈悦非常享受每次培训和考试，尽管要出远门。

稳定的客源

Cy工作室很清高，只有咖啡，不卖甜品饼干，也不做果汁。熟客也都知道，如果要喝手冲咖啡，得自行先垫个肚子。

前阵子，旅游职能部门给两位员工报了Cy工作室的手冲和意式咖啡技能课，因为工作需要，旅游线上需要开设一系列咖啡馆，在他们看来，与其花大价钱请咖啡师前来助阵，不如自己培养。这时候，就想到了陈悦。

也有很多客人，来到Cy工作室后才告诉她，自己已经喝了六年她家咖啡了,大有粉丝见到歌手时忍不住说"我是听你的歌长大"的忠诚。

像这样的客户不在少数,他们的忠实追随给了陈悦信心,让她撇开那些花里胡哨的点缀,做纯粹的咖啡。

小心得:和客人与市场一起成长

其实,很多人都有过要开一家纯粹咖啡馆的梦想,而增加了饭菜、甜品、果汁,把咖啡馆变得不像咖啡馆也未必出于真心,毕竟现实太骨感。

经历过自己创业、与人合伙,在陈悦看来,"初心"是很可贵的,但不一定能够马上兑现,需要时间打磨。很重要的一点是,你得有培育客人和市场的耐心和决心,和他们一起成长。

有梦想是好事,未必要死磕。增加了一台意式咖啡机,给习惯意式咖啡的客人做奶咖,从而形成工作室的独特风格,也不失为一件好事。

招牌

平民价格

Cy工作室的咖啡不贵,美式咖啡18元,手冲咖啡30~50元不等,如果办300元月卡的话,相当于每天只要花10块钱就能喝一杯美式,用月卡喝别的也行,自己补差价。

这个价格是陈悦在考察城里多家精品咖啡馆后粗算出来的,而她也颇为"良心"地觉得,工作室相对商铺租金更低,刨去成本后,她能够给到一个不算高的价格。而价格,本身就是客人接受新事物的门槛。"又贵又苦"的确不

适合猛地一下砸向客人,无论是方法还是价格,都要循序渐进。

亲自开车送

比起不得不自我营销的咖啡馆,工作室的低成本(相对而言)在于没有上任何营销平台,唯一的宣传阵地就是自己的朋友圈,展示作品似的晒几张"今日份手冲",更像是日常记录,而不是卖货。大概也是因为这种贴身直观的感受流露,每次一发朋友圈都能接到不少订单,还有的"求外卖"。包邮范围内,就仰仗跑腿小哥,而那些住得远的老客人的订单,则由陈悦亲自开车送。

有一笔账,很多人都算过,一篇公众号推文,友情价一万元,按照20元一杯美式算,需要主人卖掉500杯才能赚回来,乐观点儿算,平均一天卖50杯,也需要10天白做。这也是她一直想要做小工作室的原因,与其砸钱在营销上,不如让利给顾客。

咖啡课程

开过咖啡馆的人都知道,要靠卖咖啡来赚钱不是一件容易的事,也因此出现了很多餐厅式咖啡馆。而陈悦的招牌则是咖啡课程,目前分为"体验课"和"技能课"。

体验课基本在周末,围绕手冲,有手冲体验课、手冲嗅觉、味觉品鉴等,88元一位,时长两小时。一般都会有深烘浅烘两种豆子的对比,在课堂上,你会发现,有人喜欢深烘的焦苦味,因为更像"咖啡",心理上已经觉得提神了;有些人喜欢风味层次浓郁的浅烘豆子,细细品尝舌尖上留有的花香和果香。

技能课分为三天手冲课和五天意式课，客群一般都是有意从事咖啡行业的人。碰到一上来就要学拉花的学员，陈悦会告诉他们，咖啡萃取好才是关键，拉花没那么重要。而且，好的拉花要花很多时间和工夫，不是学几天就能拉出一个好看的花样来的。

有新豆子到的时候，陈悦就会邀请大家一起来品尝，算是一种没有说好的福利。

小心得：为客人设置较低的门槛

目前为止，Cy 工作室每期体验课程都会满员，后续到店喝手冲咖啡的客人越来越多，从一开始一天也卖不了一杯，到现在六七成都能接受并喜欢上喝手冲咖啡，同时带动了手冲器具以及单品豆的销售。

如果有心从事咖啡行业，"体验课"非常有必要。为了实现梦想，必须设置一个较低的门槛，便于人够得着。而她也发现，体验课转化率很高，哪怕大多数人不会继续报名更高阶的手冲技能课，也能变成客人。而这批客人真的是自己培养的，有感情，也有忠诚度。

现在的 Cy 工作室人员配置很简单，除陈悦自己之外，还有一位兼职小伙伴，帮工作室做平面设计，以及一个驻店小姑娘，平时做咖啡，陈悦上课的时候就做助教。店里没人的时候，两人还能约伴练个瑜伽。说起来，也是一种缘分，她一开始在陈悦的咖啡馆里上班，后顺应父母要求考了公务员，然而还是没法过自己这一关，转而回到咖啡行业。

从理论上说，陈悦一人独当一面完全可行，还可以省出一个人的工资。

但出于两方面考量，一方面，不能老让客人吃闭门羹，既然开店，就要有开店的样子。无论是自己上课，还是有事出门，工作室常年迎客才是可持续的状态；另一方面，也要试着为自己减负，当工作和家庭生活都很累的时候，很重要的是一定要让自己轻松点儿。

小心得：简化旁余杂枝

房租这个大头，因为从商铺转到商住公寓，已经降低了不少。全社会面临的招工难，在陈悦这样的小店里还没有出现。无限压缩成本后，陈悦说，她还有一个备招：大不了都我自己来。把一件事做极致并不容易，所以，除了主体外，旁余杂枝要尽可能简化，降低不必要的风险。

说起来，作为一家实实在在存在并运作得还不错的咖啡工作室，陈悦似乎并不需要面对同类商家所要面临的困难，比如淡旺季，比如要不要投资。

咖啡是一种日常饮品，没有淡旺季之分，这对于开门做生意的人来说就是最大利好。

而投资商也找过陈悦，陈悦几乎想都不想地回绝了，根本不会给自己造成思虑。在工作室里，主人就是灵魂，"如果我想要全国知名，当年 lost café 已经为我创造好大环境了，我也不用一个人苦苦磨到现在了。"

陈悦得到了很多人想要的，还有客人的完全信任，理想的主客关系。每天有限的客流量，让陈悦可以将客人的长相和喜好对应起来。到工作室来的人基本不需要自己点单，酸的浓的，陈悦都记得，新豆子来了就让客人先尝。

但也不能说就能从此高枕无忧，陈悦也有自己的担忧。最大的危机是，客人没有新的增长，老客人带新客人的速度很慢。

小心得：居安思危

"等着客人上门这件事还是很慌的。"陈悦说，这也是她今年的着力点。会和朋友聊聊，是时候找出一个应对策略。

意识到危机是一件好事。开门做生意，每天都会受到很多因素的影响，最怕的反而是蜜罐里生存，你好我好大家好意味着不能居安思危，危机一来，根本来不及应对。

Q&A

○ 今年是开店的第几年?

Cy 工作室是 2019 年年初注册的。之前陆陆续续开店至今有七年。

○ 如何找到房子的?

自己找的。我想得很明白,不需要沿街的商铺,这种商住两用的房子安安静静的就好。

○ 小店总面积多少?

小店是一个 loft,一楼面积大约 50 平方米,二楼大约 30 平方米。

○ 房子改造花了多长时间?

小店是一个精装修商住房,差不多一天我就把家具和咖啡器具搬进去收拾好了。

○ 室内设计师是谁?

谈不上设计,就是请了一个朋友帮我设计了吧台,参谋了一下家具等软装。朋友的话会比较了解我,也给了一个友情价。

○ 改造房子花了多少钱？

其实也就添置了设备和家具，差不多 12 万。

○ 线上和线下营业额大致配比如何？

线上目前仅限于我自己的朋友圈，但我没有给自己指标每天一定要发几条，所以很难推断客人的来源。

○ 一句话经营之道？

做到专业就是最大的差异化。

○ 疫情对小店影响大吗？

总体来说还好。2020 年疫情刚出现的时候，到工作室来堂食咖啡的人是断崖式下滑，但另一方面，宅家不外出激发了人们购买咖啡豆、咖啡器具的欲望，我在正月初五就给客人发货了，所以说，在这方面的营收是有增长的。

○ 今后三年有什么打算？

提升自己的专业水平，继续学习，尤其在咖啡的源头方面，我会去学习烘焙豆子。同时在生意上积累更多客群，把池子培养大，为以后的咖啡豆经营和培训打好基础。

○ 对同样开小店的人有什么建议 / 忠告？

咖啡馆赚不了大钱，如果家里有一个收入稳定的人，你也许可以试试。

很多我的学生开店前我都会叮嘱很多：选择店面、风格主题、对象客户都考虑清楚了吗？如果还没在这块区域里积攒点儿资源就去开店会很危险，要知道我现在这些上门来的客人都是失败积累来的，前面也费了很多时间，花了很多钱。

第八章

女巫和她的绵羊米娅

我还戴着口罩呢,
你的衣服凭什么让我动心

品　　牌　女巫和她的绵羊米娅
品　　类　女装
女 主 人　女巫

圈点之处

- 自己就是模特，为自己代言
- 比起单纯卖衣服，思考更多的是如何让人上瘾，非买不可
- 与女巫小店合作的帽子、鞋子等都是大牌

　　荒芜辽阔的冰岛海边，一身羊绒针织营造出了世界尽头的婉约和温柔。

　　古典又时髦的伦敦街头，女子右胸上一枚绵羊胸针给这个城市增添了俏皮。

　　她穿着复古雅酷墨绿色皮大衣在英国 NC500 公路，说了句"亲爱的别难过，毕竟我们曾见过如此壮美的风景"。

　　喝着咖啡，吃着曲奇，翻着杂志，盖在腿上的羊毛毯子就卖出去了，有人还问她高领毛衣有没有卖完。

　　……

　　七年前，女巫开了家卖衣服的小店，叫"女巫和她的绵羊米娅"，模特是自己。她美得很，也懂搭配，理应省下这笔模特费。

　　每天有新衣服穿，配上合适的包包、鞋子、帽子、头饰，把自己打扮得美美的，再由摄影师记录下每个瞬间，而这些瞬间又可以为自己创收，这等好事，大概要把姑娘们都羡慕坏了。

十年前,女巫在中国十大咨询公司之一担任运营总监,每天都要打起十二分精神,和各种厉害的人打交道。"准备了好几天的内容只够跟他们聊半小时"的情况常有发生,同时,高强度工作也给了女巫系统专业的营销知识体系。

只不过,女巫还是有一种尴尬:当需要商业感的时候,文人气息出来了;真的要写东西时,又写不出来。女巫觉得,这种性格大概最后只能局限于开一家小店。

但是,开一家淘宝小店很丢人吗?女巫会觉得自己被侮辱了。

淘宝店再小,工作量和五百强没什么两样,同样需要心力、智商、天赋。这些投入能花得下去,其他宏伟的工程完全可以做得很好。不是说自以为资质一般,就退而求其次开个淘宝店算了。

这是女巫一再说的,也算是对淘宝小店店主的鼓励。

很多年前,女巫所在的咨询公司有一个客户,浙江桐乡针织品的家族企业。在客户推出天猫板块后,女巫一时兴起,也为自己注册了一个商铺,顺带售卖客户的产品。这在当初引起了甲方公司不小的争议,而这位女老板力排众议,她认为女巫这个人"一定要从头到尾经历一遍,才不会飘在空中"。

虽然现在由于双方职业规划及其他原因,合同解除,却也是女巫全职开淘宝店的一个重要契机,她和那位女老板依然保持良好关系。而这两年,女巫正式从乙方变成有规划的事业型女性。

女装,大概是淘宝店上数得上前几位的货品。那么,凭什么让大家来买你的衣服?尤其出现了疫情之后,大部分人都还戴着口罩,女巫又一次提出:你凭什么让我动心?她和团队说得最多的是:抛开材质、款式、颜色、成本,

最后再问自己一句话：如果我是顾客，为什么要买这件衣服？

不是所有卖家都会天天反思。但只要再多追问这句话，就会发现，很多工作都将重启，很多款式都将放弃。

小店保持着每周上新五件的频率，从设计端、面料端到最后管库存，都由女巫亲力亲为。

一半的产品是女巫给到成衣图片，提出改良的方面、色调的建议，一轮轮沟通，直到做出一件基础样衣；还有一部分新品来自设计师给女巫做的独家设计，但往往不能被女巫全盘接收。究其原因，生产和销售割裂，设计师不是那个后端运营的人，一件衣服，只是一件体现个人趣味的作品。疫情这两年，原本碍于情面会收几件设计师衣服的女巫，由原来的七八件减少到两三件，做不到让人尖叫，就不卖。

明明已经很难了，女巫还偏偏不干"预售"，虽然大家都知道"预售"既可以带来现金流也可以解决库存压力。可是，一件小开衫预售15天，15天后都穿短袖了。人人都喜欢时鲜货，衣服也是。

女巫不是学设计的，也不爱看街拍，她做的衣服就是自己喜欢的衣服，因此追随她的人也多是追随她的生活方式，感受生活中的美感、讲究。

而女巫的厉害之处就是，她能将自己的日常消费和卖货始终联系在一起，像是在做一道逻辑题——每次大于1000元的购物支出后，她一定会追问自己：是哪个瞬间让我动心了？那个珍贵的瞬间，我可以记录下来吗？我可以同样创造给我们的顾客吗？为什么我也经常沉浸于一两家代购，不停地追随，对方发给什么我就想要买什么？

卖货的人，要勤加思考那个"瘾"，是什么让人对你的产品上瘾。

女巫的小店现在算上她共有八个全职员工，一个兼职员工修片。全职员工里除做直播和管仓库的，其他人都是多面手，每个人都要负责平面设计、插画、客服、视频细节拍摄，工作任务满满当当。员工都是年轻人，视野和兴趣爱好也都很宽，对女巫来说是一种补充。

她觉得，人到中年就会思维固化，所以，定期的阅读和旅行很重要，如果带着一点儿目的更好，比如拍照。相比之下，以前那些走马观花的旅行现在回想起来都很单薄。生活围绕着衣服和穿搭，通过旅行将衣服表达好，是每天的高光时刻。

而比起纯粹的看书走路，将有限的东西尽可能吸收进去、活学活用显得很有效率。去一趟博物馆艺术馆，灵感遍地都是，用不完，关键是有无能力把它们转化成自己的东西：精美的元素是做丝巾好还是衣服好？古典的设计现代生活是否能够接受？

女性卖衣服，几乎有天然的优势。而对女巫来说，之前看似风光地做乙方，回过头来看多在隔靴搔痒，很难在一个行业里沉淀。而如今，和美打交道，是一项有积累的工作，今年比去年更懂得这件衣服。

如何节省成本

前阵子，女巫开了一次直播，结果有人在微博上评论她："为什么要带父母去泰国？为什么不在办公室拍？花那么多旅费，这些成本都增加在消费者身上。"这让女巫哭笑不得。

虽然女巫还是优雅地保持着良好的心态，就像她常说的，开淘宝店是一种修行，能让你心胸开阔。顾客购物本就是一种享乐或宣泄，你得让她开心。

而一件衣服的最高境界就是让人开心，超越了衣服属性本身带来的价值。

不过，通过这句评论，不禁发现，女巫小店还真的是有各种节省成本之道。

模特费

女巫有着姣好的面容和江南女子的小巧身形，原本只是客串模特，搭配着专业模特上新产品。不经意间发现，有自己照片的衣服就会卖得好。

"请大牌模特没错，但少了点儿亲近感。而我这样的身形穿了好，大家一定都能穿好。"身高158厘米，体重95斤，算是非常普遍的身材了吧？

归根到底，人人都有一种感觉：模特离我们太远了，复刻她们没指望，而店主是个真实的人，就在自己身边，或许可以追随一把。

肯定了自己当模特的感染力后，2018年12月，从伦敦之旅开始，女巫全职当起了自己小店的模特。

只不过，面对朋友、客人一遍遍问"是不是很累，是不是很爽"，女巫都觉得没什么啊，很平常啊。

"今天下午有空吗？"女巫问问旁边的同事，问的时候心里已经做好了穿搭组合。三分钟化完妆，带上要拍的衣服，打车到湖边，既然来了，对面的街道也拍一组，完工。

对，一切都很简单。包括还省掉了专业搭配师两万块钱一天的费用。

场地费

很多人都会为场景发愁，而对女巫来说，哪里都是布景。都市感更能够感染人，让消费者产生同理心，有代入感。咖啡馆、书店、家，贯穿起都市

女性的生活轨迹，是运用最多的拍摄场景。

旅行也是独特的场景。女巫自己的书《讲究的穿搭，不将就的旅行：女巫飞行记》封面就在意大利拍摄。那次，和前东家的生产总监去米兰出差，同行者从没拿过相机。女巫便先帮她拍，告诉她要的效果。差不多拍了一百多张后挑中了其中一张：有轨电车来了，围巾飘起来了，细节到位了。

摄影费

在女巫看来，全民摄影。就像上文说的，从没拿过相机的同行者也能帮她拍到一张美图，最后做了新书封面。

和父母出去旅行，父母就是摄影师；有时候喊同事出来，同事也都会拍照，而自己本身也是一个不会掉链子的摄影师——那次为了拍针织衫，女巫和前东家母女俩去冰岛，结果摄影师因为签证的缘故没法前往，女巫便从模特变成了摄影师。

拍照，技术不重要。会的人按几张就好了，不会的人多拍几张，就是这点儿区别。

咨询费

最近，女巫小店的slogan从"一件更讲究的衣服"改为"熟女的优雅穿搭"。女巫觉得，"讲究"是一个没底的抽象名词，百来块一两千的衣服也说不上多讲究。而新的slogan在七个字里，清晰界定了客群年龄、产品属性和调性，女巫对此很满意，这是身体力行的结果——终于给自己定位了一把，省了60万！

做了多年营销，女巫透露，第三方咨询公司前前后后服务甲方三个月，市场调查全部做齐，也给不了这几个具体的字。只有自己做过穿过，才能有心得，知道用一句怎样的话集合产品和顾客。

如何定价

过去的职业生涯多多少少在高度上决定了女巫小店的高度，她很少拘泥于成本，是清高的；也是世俗的，毕竟得和人民币为伍。但女巫从不执拗于谁占了上风，任督二脉总会被打通，形成一个良性循环。

"定价"自然是不能轻易言说的商业核心，女巫分析了她的客群——都市女性。这类人有几个标签：忙，基本已经做到了公司中高层；她们对衣服的期望是"有风格有品质不出错"；而时间有限决定了她们希望一家店能搞定一年四季的穿着，所以跟随性强、复购率高——当然，后来在女巫看来，到底是产品决定了最后的顾客，还是顾客反过来要求你去做什么样的产品，已经混淆了先来后到。

这类人非常在意"多少钱买的"这句问话，虽然问的人可能只是无心的一句寒暄。而回答者的心理活动是：定价高接受不了，定价低有失身份。

女巫前几天碰到几个从伦敦中央圣马丁毕业的小辈，发现他们不好意思说"我的东西售价不到 2000 元"，这就逼得他们去做个性化的东西，撇开个人品牌和形象本身，从生意角度来说就变得很难。

熟悉女巫小店的人会发现，部分产品这两年有所降价。这要归功于女巫在行业里的沉淀。在和桐乡老板解除合同、真正单干后，女巫找到了稳定的供应商——自己做咨询服务时的客户，双方有着很深的了解，可能心高气傲的女巫还批评过客户的审美呢。

营销阵地

对女巫来说,"营销术"根本比不上"真诚"来得好用。当年她就是那个"贩卖"营销术的人,但在懂得那么多工具之后,反而不会去用,甚至觉得很刻意很虚伪。而且,你得承认,只有高手才能将这种"术"用得滴水不漏,段位不够,就会被人笑掉大牙。

女巫自认为由于性格短板,并没有走在营销前端,尽管该有的阵地她也建了,微博、公众号、知乎、豆瓣,甚至微信群。看起来都很随意,归根结底,她是个经营生活方式的人。她经营生活方式的时候,可以广阔到天涯海角,也可以近在咫尺。

在冰岛和苏格兰高地 NC500 公路旅行的时候,还是不忘每天推送一张图(女巫365),她说:"你一定要相信,这世上总有一些古老的道路,率领我们进入新世界,而这时候又还未来得及和过去的道路告别。"

不远行的时候,她会去有阳光有风景的民宿或是酒店,那里有装盘精致的食物,撑得起场面的背景,无限发呆的好辰光。

大概,当你不想着如何去卖货的时候,就真的能卖出去了。

微信群

"女巫和她的女朋友"这个微信群源于书刚出版时的一个福利,至今将近五年。但也就此一个,一直没有再生二群三群。

微信群里都是她的迷妹,她们照着女巫的大片搭配自己的物什——

比如浅色薄呢短西装外叠穿焦糖色长款大衣;

比如把丝巾巧用作腰带、头巾、手袋拎环,甚至,穿过大衣扣子做点缀;

比如能够提气、点缀又不用花费太多的金色腰带的种种妙用；

比如毛呢短裙搭配彩袜再配嫩黄色蝴蝶结平底鞋；

作为群主，女巫并不是最热情的那个人，最多是有礼有节有问必答。倒是迷妹们聊得欢，她们也习惯了群主的放飞。

"我要建群很容易，相比以公司为名的店铺，我是个人品牌，自己足以当一个精神领袖，加上社群又是当下流行。我没有花很多精力在社群上，但对其他相似，尤其是以人为主导的行业，社群是个很好的阵地。"这是女巫的自我总结。

知乎

很多人觉得知乎和卖货没法挂钩，但也正因为不完全冲着"卖货"而去，

拥有13万关注的知乎大号,女巫在知乎上的回帖非常好看。

对女巫来说,相比短平快的社交平台,知乎更考验逻辑性,而她每天的工作,本身就是一个天然的逻辑——比如,有人问"夏天穿什么衣服",对女巫来说,每周都要上新那么多夏装,用心提炼观点再进行组合排列,就是一篇图文并茂的回答;有人问"帽子怎么搭配",女巫有无数戴着不同帽子的照片,同样很好应对。

危机和可能产生的危机

对一家营收还不错的女装小店来说,"淡季"基本不存在,毕竟穿新衣的欲望没有季节之分,而女人的天性就是"喜新厌旧"。

"人员流失"也不太可能发生，想要和女巫共同沉浸在美的事业中的大有人在。

疫情算是大危机，却也是一次大转机，它让女巫思考一件衣服让人尖叫的重要性，毕竟大家都戴着口罩。在 2020 年居家复工第一天，女巫给员工写了一段话："从今天起，我们的工作任务和责任心需要更加缜密，才能共渡难关。我们正好可以在接下来不忙碌的很长一段时间里练好内功，完善内容和产品，趁此沉淀下来，未来才能走得更稳妥。希望大家能够理解，把心思从那些自己不能控制的各种坏消息坏情绪中拉回来，请用敬畏的姿态去度过这段时期，我们继续创造美的衣服和美的生活。"2020 年 3 月销量同比去年居然还有所上涨。

这些都不算什么，在女巫看来，文案是一件极有挑战的事，而且，只能自己写，无人可替。

文案

如果你是一个买家，收到新衣服后，来一段穿衣心得，这可能是一件赏心悦目的事；如果数字是一千件呢？对女巫来说，写过一千件后的疲惫感有点儿像被掏空了，但还得满怀热情地去写下一件衣服，理性地理解，感性地赞美。

有人说，那你招个文案吧。

女巫觉得，任何工种都可以招人，唯有文案不行。文案里是自己对衣服的理解，撰写的过程其实是汲取和反思，也只有在写文案的时候，才能静下心来思考，上周上新的衣服有什么欠缺，哪些元素可以优化。

如果不能回头看，就是一个只会不停奔跑的人，这样做的衣服终将没有灵魂，客人为什么要花不菲的价格来捧场呢？

如果模特不是我

有朋友曾直接地指出,小店有精神领袖是别人求而不得的好事,但是,领袖垮了呢?凡事都太依赖女巫本人,小店能具有长久生命力吗?

"当我们尝到由店主个性带来的红利,也要勇于承担其引发的风险,同时不能因噎废食。"女巫今年的策略就是让员工逐步露脸,无论直播还是试着做模特,希望个人的影响力慢慢减弱下来。对她来说,也许二十出头的员工没法穿出真丝的质感,但是两三百块钱的T恤一定是她们穿着更年轻有活力。

换人会影响销量,但不会垮掉。任何以"人"为主导的企业都会遇到这样的问题,平衡很重要。

Q & A

○ 今年是开店的第几年?

今年是开店的第七年,同时也算是自己认真开店的第四年。因为一直从事品牌咨询工作,多年前为中国一家非常优秀的女装企业进行品牌服务时,也利用职务之便,在他们工厂贴牌,自己开了淘宝店。但是前几年基本处在"有什么做什么"的状态。

○ 平均每天线上上班的时间?

不定时,随时都可能打开页面,挑剔出一堆细节。

但除了上新那天,我并不会盯着我的店,反而会更多看看别家店,或者那些代购,频繁消费。

○ 女性开店有什么优势?

女性开小店(注意,是小店)最大的优势应该是:细腻。

女性善于创建消费者的同理心,不会一味觉得自己有多了不起,而是真正站在顾客角度,温柔客观地再多打量自己一眼。这一眼,往往就拉开了好产品和平庸产品的距离。

○ 一句话经营之道？

如何令人动心，如何令人上瘾。

○ 如何营销？

就说几个基础点好了：敬畏心、审美力、成本与库存控制能力、传播表达力、深刻理解顾客的能力。

○ 这几年有什么遗憾吗？

有遗憾吗？没有，这跟我的事业选择无关，跟性情有关。

我就是一个不爱回看、不擅长回顾的人，也不参加同学会这些，所以，"啊，跟你比起来，我的遗憾就是"这类的话题也无从展开。

走了另一条路又怎样，因为这世间的道路太多了，遗憾不过来。

○ 有资本要投资过你吗?

半开玩笑似的肯定有,但事实没有。因为我又不缺钱,又缺少野心。

○ 疫情对小店影响大吗?

比我想象的要好很多。我们当然没达到今年的目标,但比去年同期还是有小额度的增长。

我知道,这是一份很棒的答卷了。我敬佩我的顾客,她们才是真正美的使者,就算在这般戴着口罩的日子里,都在坚持自己的优雅之路。

她们是我的骄傲,我的榜样。你真得相信,人以群分这件事。

○ 今后三年有什么打算?

继续干,好好干,在美的道路上,与更多同类相遇。美,会让我们相遇的,就是现在。

○ 有朝一日会开实体店吗?

不太会。因为开网店已经很过瘾了。

○ 对同样开小店的人有什么建议/忠告?

恰好周末有两个小朋友请教我这个问题,她们是美国留学回来的,浑身名牌同时也穿得很时髦好看,大概就是觉得贩卖美也是一件很愉悦的工作。

聊下来我的内心话就是:别开淘宝店了。

因为太难。

第九章

暖妈宝贝

一款新西兰婴儿产品
引发的故事

品　　牌	暖妈宝贝 BabyTaylor
品　　类	母婴为主的新西兰好物
女 主 人	暖妈

圈点之处

- 每一样产品，暖妈都亲自用过、测评过
- 暖妈有很好的新西兰资源，保证货源的稳定性和产品质量

　　大上海街头，布满了各式各样有意思的小店，附近居民吃完晚饭就会想着去逛逛，看看到了什么新货，BabyTaylor 就是其中一家。最近有什么好喝健康的酸奶，车厘子有没有到货，婴儿益智游戏要买一套，亲戚家刚生了孩子，新生儿襁褓又到货了……总之，新鲜好吃的东西，以及好用的母婴产品，到这里来基本不会失望。

　　小店不大，可以逛逛的部分也就四十多平方米。但它是一家集合了新西兰好物的商店，最厉害的是，每一件产品，店员都能说出道道，尤其是女主人暖妈在的时候，找她聊天，听她讲育儿心得，是一件愉悦的事。

　　她说，店里的每一样东西她都用过、吃过，还有详细的用后心得。然后她会略带害羞地说：你可以看下我们公众号，都是我自己的故事，希望对你有帮助。

　　这家中文名为"暖妈宝贝"的小店在上海街头已经三年了，女主人暖妈是一位超级喜欢小孩的妈妈。

2014年9月，新西兰春天，暖妈生下了女儿Taylor。坐月子期间，她接触到了一个新西兰当地的羊毛婴儿服饰品牌。因为材质舒服、柔软、保暖、透气，每一次给Taylor穿上他家的衣服时，心里总是特别踏实。而且，让新手妈妈颇为宽慰的是，Taylor穿上他家的衣服就能睡得很好，6周大就能睡8小时整觉，简直是天使——尽管暖妈觉得也有可能是心理因素。

然而，和国内的朋友说起时，暖妈发现，身边很少有人知道这个品牌，婴儿服饰行业也几乎买不到这种产品。而且，中国妈妈和婆婆似乎对这种羊毛品牌并不感冒。于是，暖妈做功课，开始翻查了解这个品牌，得知还没进入中国后，动心了。

虽然那时完全没有"创业"的概念，但在除了母乳喂奶、学会做一个新手妈妈外，的确是所有时间都在想：该如何把这么高品质的衣服带回中国，让更多妈妈接触到，让更多宝宝享受到？除了这个羊毛品牌，新西兰这个自己待了十多年的国家，还有什么东西可以一起代理回国，让人们放心地购买，而不是每次都要查看商家信誉？

这样想着想着，便有了"Baby Taylor"这个品牌，以女儿名字来命名，好记好念。因为这样一个偶然的机会，暖妈开始了漫长的创业之路。

开始创业后，暖妈一直在思考的问题是：当初我为什么会这么充满热情地推荐这个品牌？尤其当我和它完全没有利益关系、只是作为消费者的时候。与此同时，如果我来做这个品牌，如何和那些无牌无照的代购区别开来，突出我的优势？

奥克兰大学市场营销一等荣誉硕士毕业的暖妈很快意识到，解决这两点，"暖妈宝贝"才能有自己的立足点，才能走得更远。

解决第一个问题很简单,完全出于人的本能:自己用到好的东西,很容易想第一时间分享给身边人。因为亲身体验过,随便说说就能说得出具体好在哪里、需要注意的地方是什么等细节。从而,暖妈想到,应该塑造一种信任感,让大家相信暖妈的推荐,也喜欢暖妈这个人,认可暖妈的生活方式和眼光。就像,你身边总有那么几个朋友,是美妆行家,是健身专家,你有相关方面的问题,肯定会先问他们,他们推荐的东西,你二话不说,百分百信任。

于是,第二个问题也就有了眉目。暖妈开始梳理自己的形象,也就是现在流行的"人设"。

14岁移民新西兰,暖妈有着得天独厚的优势,她熟悉并了解新西兰。同时,出生在上海,家在上海,会中文,懂得与人沟通,她可以自如地面对中国消费者。加上刚生 Taylor 时，暖妈甚至没有请月嫂，从母乳开始，完全亲力亲为，而这些，都是作为一个妈妈的亲身经历，和产品、客户非常吻合。2020 年 1 月，暖妈生下第二个孩子 David，至此，这个爱分享好物的妈妈的形象已经极为饱满。

小心得：卖货自己必须是行家

为什么越来越多的代购、卖家不被信任，原因很简单，他们只是拿货的，照着说明书复制粘贴，无法和消费者产生共情。所以，在卖货前，非常重要的一点：自己必须是个行家。

而"人设"的树立，都应该以真实为前提。首先是本着诚信原则，同时，虚假的东西很累人啊，不仅要花心思去编，还会被自己忘记，总有一天会露出马脚，前后对不上。

那几年，微信代购逐渐多了起来，虽然不能一棒子打死都是导游们扫货后再在朋友圈卖，但初出茅庐的暖妈还是很想高喊"我不是一个野路子的代购"。后来就不想说了，与其空喊，不如叫大家看实际行动。

暖妈建了几个微信群，群里的妈妈们将名字改成了"名字 + 宝宝出生年月"这个模式。与其说是个卖货群，不如说是暖妈分享新西兰生活方式群，妈妈们会问很多关于新西兰的情况，旅游、牛奶、留学是被问到最多的，这让暖妈觉得，她展示的是生活方式，而不是一个纯代购，而她熟悉的东西又正好是大家感兴趣的。群里还有几位暖妈的医生朋友，专门为群里妈妈们答疑解惑，形成了融洽的微信群气氛。

对暖妈来说，新西兰籍可以有效帮助自己从源头上找到好货，少走很多弯路。比如，相比其他人，自己更有机会接触到更深一层的部门，比如政府和总代理。也因此，当新西兰贸易发展局打算在上海进博会前重新整合贸易港时，自然想到了暖妈宝贝，他们觉得，暖妈宝贝"集合新西兰好物"的宗旨和他们的理念非常契合。2019年10月，暖妈宝贝第二家实体小店以"新西兰国家馆"的名义，在绿地贸易港开门营业。

小心得：强化标签

充分挖掘和提炼自己的能力，给自己拎出几个标签去强化它，是女性独立创业中很重要的一项工作。贸易港国家馆的门店不是商务部、领事馆直接开，就是授权企业替政府开馆，代表国家形象。而"暖妈宝贝"之所以能够打入，全凭暖妈对"集合新西兰好物"宗旨的不断推广。

"暖妈宝贝"一开始以"穿"为主，慢慢地，考虑到新西兰的特色是天然健康，又接触到了新西兰的食品。产品一点点积累，客人也随之慢慢多起来。

相比投广告，暖妈觉得自己的微信公众号是一个可信任的阵地，就算再忙，也会花很多精力在原创内容上，它是一个关于"人设"的连贯思维。

而最大的推广，反而是线下。和私立医院、国际学校合作，既是客群的来源，也是大牌背书，用来证明暖妈宝贝这个小店是正牌、官方的。除此之外，异业合作也是暖妈认可的推广方式，通过和知名度高的品牌联合打造市场活动，去吸引更多的用户。

前些日子，有一位行业内的大咖找到暖妈，问她要不要接受投资。而对暖妈来说，这件事情还是得从长计议，毕竟被投资以后，自己的时间会变少，主动性会变弱，那种完全以暖妈亲身体验为基础的模式可能会被打乱。暖妈拒绝了他，因为不想失去原有的小而精美的感觉。

小心得：品牌比天大

小店创业从来不是一蹴而就的，但也因为是小店，自己可以决定。暖妈发现，衣服、母婴用品因为价位高，且消耗量不大，便及时调转方向，加上了食品。

这次疫情，很多企业在不得不维持运营节省成本的情况下，首先砍掉了品牌部。在大多数人眼里，这是一个只花钱不赚钱的部门——投广告、请媒体、做海报、买流量，看看你们品牌部每天的花销！

但在"暖妈宝贝"这里，品牌比天大。暖妈曾在两本高端生活方式杂志从事采编业务，她最为看重的是那些无不拥有固定统一形象和定位的百年品牌，一句 slogan 都能被奉为经典，看到这个标志马上就会呈现出画面。

2014 年品牌初创时，暖妈就在翻阅无数设计师作品后，花了十几万元，请专业机构为这个品牌做了全套 VI（视觉系统设计）。很多人不理解，觉得用力过猛；也有人觉得没必要，毕竟是一个刚刚起步的品牌。而在暖妈看来，一个好的品牌，一定拥有过硬的形象；也只有品牌做扎实了，商铺才能拥有长久生命力——"暖妈宝贝"不是一个赚快钱的商店，而是要一直做下去的，奔着百年老店去的。

七年过去了，暖妈非常庆幸自己当年力排众议，这套昂贵的整套品牌形象现在看来毫不过时。如果当年只是随随便便对付一下，肯定没过多久就被嫌弃了。而品牌，尤其是小品牌，非常忌讳每天一个变化，消费者也会摸不着头脑，质疑品牌的靠谱性。

毫无疑问，品牌也有它的养护费。除了做形象设计，早在开店初期，暖妈就做齐了周边配套，比如定制购物袋、礼盒、快递盒、丝带、贴纸、卡片等，因为她相信，微小的细节往往最能打动人。虽然初创时期人力有限，但在大小节日、客人生日等重要日子里，客户依然能收到暖妈送出的礼物，每一个礼盒包裹都会根据客户的不同性格和消费习惯选择赠品，再配上手写的卡片。

"要做到让客户迫不及待想要分享产品，就像当年我很想告诉每一个人这款婴儿羊毛产品有多好，都不是目的性的"。暖妈越来越清晰地认识到，品牌做扎实，营销才会水到渠成，而这种营销是自然而然的，不是"给你个面子帮你发个朋友圈。"

品牌是一件长久发酵的事情，它的效力不是几天就能看出来的。如果想

省这笔钱,不如问问自己,要不要做这件事。好的品牌是稳定的,无论是商标(logo)还是标语(slogan),如果不是大品牌,每一次的形象更换不但构不成事件营销,反而只能给人留下不踏实的印象。

关于招人

以母婴产品为招牌的小店有它的特殊性:人群几乎固定,多半是生了孩子的妈妈。那么,小店的工作人员必须都是妈妈吗?

暖妈一开始是这么想的,同为妈妈容易有共同话题,说到某一问题更有代

入感。所以前期，从仓库到客服，无不是妈妈群体，且多集中在刚做妈妈这个年龄段。和预期一样，妈妈工作人员在工作中表现出了真诚的热情，以及共情的专业——客人一有问题，工作人员就会认真寻找答案。微信群里不仅聊产品，还一起解决问题，互帮互助，氛围融洽。

然而，这样的结构也有弊端，新手妈妈们往往自己处在身体修复期，家中新生儿还等着她们回去陪伴，因此，工作中难免需要请假以及早退晚到。暖妈意识到，虽说母婴小店相比杂货店更精准，但未必要拘泥于特定人群的工作人员。2017年年底，店里招了第一个男员工做设计，如今，从采购、客服，到运营、仓库部门和新媒体，20多个全职人员构成呈现了多样化：有男有女，有妈妈也有少女，尤其是新媒体营销人员，不同人在一起更容易碰撞出火花。而且工作都有交集，大家都是多面手。

走过的弯路

由于一直在国外生活，创业初期暖妈想都没想，先创立了一个官方网站！因为新西兰人民都在官网购物啊。尽管那时，国内微信已经普及，而淘宝无疑是大池子，国内朋友也都劝说暖妈得开一家淘宝店。暖妈拒绝了，觉得淘宝店不够"高大上"。再后来，因为长期在新西兰生活，暖妈找的官网公司擅长出口，客户都是国外消费者，并不适合中国消费者。

制作官网，包括后来推出过APP，花了很多时间和精力，让暖妈曾一度陷入失落，觉得付出和回报不成正比，客人也一再反馈"网站用起来太不方便啦"。现在回想起来，其实是不了解国内的消费习惯，也没有好好做调研，完全按照自己的理解，用了一套新西兰的消费和用户习惯。直到后来，兜兜转转才回到了微店和现在的微商城和小程序。虽说创业都不是一帆风顺的，但如能早点儿落地，还是可以少走很多弯路。

小心得：开店不要凭着自己的喜好

随性派也不是不可以，但当有国别和地域差异时，还是建议事先了解当地情况、人们的生活习惯，用事实说话，而不是凭着自己的喜好。

2015 年，在 Taylor 的第一个儿童节来临之际，Baby Taylor 网站正式上线。同时，公众号、官微一并开启。当时，工作人员只有暖妈和一位合伙人，暖妈负责在新西兰进货，合伙人负责在中国打包发货。

很多人说，暖妈，你一个二孩的妈妈，又开了母婴店，是不是游刃有余啊。对暖妈来说，因为客群都是妈妈，平日和她们沟通分享几乎可以做到毫无障碍。而女性开店，心思更加细腻，更能为用户做一些令他们感动的小事。

但出乎意料的是，暖妈依然觉得要想平衡工作和生活，是一件不太可能的事。

刚开始的两年里，暖妈一半时间都在新西兰，客服、文案都是她，晚上喂完奶对着手机、电脑到深夜；白天做"奶牛"期间，就利用碎片化的时间在线工作。

2020 年 1 月生下第二个宝宝，唯有产后头三天能把工作放下，后面一切恢复原样，感觉只是休了个小病假。

尽管做的是自己喜欢的事情，但暖妈还是承认自己的神经总是紧绷的，陪伴孩子的同时，不忘总结育儿经验并分享，购买和试用新产品好像成了一种任务，亲子旅行的同时，不忘分享精彩的旅途故事，她需要大量的时间和孩子一起去体验，这种亲子关系既是情感上的连接，又是生意需要，当工作和生活完完全全黏合在一起，难免会有脱节。

只是，暖妈很早意识到，这是最安全和稳妥的方式，以后也会是这样，只有自己用过并觉得好，才敢卖，唯一可以调整的是，管理时间的能力和方法。

Q&A

○ 今年是开店的第几年?

官方网站 2015 年 6 月上线,2015 年 10 月微店开张,线下店 2017 年 9 月开业。

○ 如何找到房子的?

家人介绍的,正好有一个沿街店面,而且外表是石库门形象,非常符合上海味道。而我正需要一个线下店,作为展示窗口。

○ 小店总面积多少?

形象展示店总体 500 平方米,包括仓库、办公室和展示区,展示区大约 40 平方米;绿地贸易港里的新西兰国家馆大约 150 平方米。

○ 房子改造花了多长时间?

三个月。

○ 室内设计师是谁?

请了一个还蛮大牌的设计团队,我给到的设计理念。因为都是新西兰产品,所以用了纯天然木头元素,还原新西兰的有机、原生态。

○ 改造房子花了多少钱？

二三十万元。

○ 线上和线下营业额大致配比如何？

很难说，有些是线上采购线下提货，有些是企业直接到门店采购，也有的客人逛到门店，但当下没买，过了几天后线上下单。

○ 一句话经营之道？

用心服务好客户，客户永远是对的。

○ 疫情对小店影响大吗？

疫情对线上销售影响不大，反倒增长了，人们在疫情期间更注重对自己的保养，"育儿"这件事本来就是不分时间的，而且商铺里的不少健康零食也喂养了出不去的客人，这是线上线下有机结合的福音。

线下小店，尤其是对贸易港国家馆的影响还是挺大的，它本身不是传统的商场，不靠自然人流，一半是商务客。不过到了三四月，形势又好了不少，4月哈尔滨、5月杭州的新西兰国家馆也都开了，都是暖妈宝贝商城供的货。

○ 今后三年有什么打算？

孵化更多的新品牌，将它们带入中国，做渠道拓展和市场推广。目前 C 端的暖妈宝贝商城业务尽管稳定，但还需要不断地通过分享原创内容吸引更多用户。抓住短视频和直播红利期，通过互联网去让更多用户了解我们和我们的产品。

○ 对同样开小店的人有什么建议 / 忠告？

一步步稳打稳扎，用心做事和服务，做自己充满热情的事情，顺应时代的变化，做更多的创新。

第十章

小筑里

冗长生活里
请赐我一个神秘浪漫的花园餐厅

品　　牌	小筑里
品　　类	花园餐厅
女 主 人	雪梨

圈点之处

- 是餐厅同时还是花园，是城市里的精灵花园
- 比起吃什么，小筑里更是聚会的好去处，雪梨包揽了主题、着装、包装等策划

很多城市都有一条延安路，在杭州，延安路是主路。北起武林广场，南到吴山广场，该路段在杭州作为都城的南宋时多为王府宅第、学府书院和寺庙、仓库。南面快到吴山广场，一个叫饮马井巷的地方，有一排仿石库门的二层商铺，距离西湖不远，出门就是地铁站、公交车站。

老底子的杭州人喜欢晚上端张桌子，搬把凳子，坐在路边吃饭，一边喝点儿小酒，对他们来说，这是那个年代的社交和聚会。这块老城区里的极好物业正好符合这种古早味道，雪梨就把"小筑里"这个新项目放在了这里。

推开小筑里大门的那一刻，延安路的车水马龙被关在门外。这里就像一座暗藏神秘的浪漫花园，可以让人忘记城市里的纷扰复杂，鲜花、绿植、美食和客人是这里的主角，只要你把心愿交给雪梨，她就能帮你实现。

"卖花的？"如果只是路过，或者仅凭刚一推门的瞬间，很容易产生这种错觉。也没错，不仅入口处的一大块空间，就连两幢小楼中间本来只是用来连接的过道，都被摆满了鲜花盆栽，生生营造出了一个城里的世外桃源。当

然，认识了解雪梨的人不会被它们蒙住，这些美好的花草只不过是它的障眼法，有了良好的第一印象，你才会对里面的内容怀有期待。

小筑里是一家西餐厅，有牛排鳕鱼也有越南菜、泰国菜，这里就是一个大融合，和调性什么的没多大关系。雪梨觉得，西餐出品美观、食物整洁，用餐安静也优雅，可以和她的花花草草相配，让人有拍照的欲望。

小筑里也卖酒，都是雪梨丈夫老七搜刮来的精酿啤酒，产地涵盖德国、新西兰、日本、丹麦、荷兰、比利时等多个国家，现在有 80 多种，他在小筑里盛放了自己的中年理想，没想到很多小年轻为此买单。两个相约前来的男生在犹豫点哪个酒时，老七会从口感上提问，"爱喝苦点儿的，还是偏果味的？"后来，重口味的男士点了比利时修道院风格酒和帝国世涛。

喝酒、点菜、买花，都是当下心情的写照，这也是人们会穿戴一新外出就餐的驱动。

小筑里上下两层，顶楼还有一个露天阳台，除去中午和晚上两顿正餐，其余时间这里提供下午茶，餐位错落，有高脚椅，有沙发，也有常规的四人座，根据位置的不同摆放，搭配相应的花艺。

餐厅北侧原本只是过道的露天空间一直是小筑里的灵魂，雪梨将它打造成花园，上演过无数场主题聚会，每一个在场的客人都在夜幕下成了仙女或者王子，引得客人侧目。不约而同的是，每次聚会结束，所有客人都会不自觉地换掉微信头像，因为当晚的照片实在太美太想让所有人看到了，而这些大多数出自雪梨之手。

作为连接，餐厅和花园之间还有一间开放的员工花艺工作室，方便他们为每一次的聚会准备，当然，客人也可以随意穿过。

在此之前，雪梨已经是上过湖南卫视《天天向上》节目的红人了。那年，她是最美民宿老板娘，因为在宝石山上开了一间看得到西湖的民宿，而被请到湖南做节目。

雪梨是真美，标志性的发髻高高盘起，素雅长裙，巴掌小脸，柳叶弯眉，虽说早就不流行如此这般描绘一个人的外貌，但雪梨就是这样一个宛如工笔画里走出来的美人。

雪梨出生在贵州大山，对她来说，初春田野里的油菜花、外婆家种的甜石榴，都是记忆里明朗而灿烂的色彩。即使后来来到杭州读书、定居，她依旧对大自然充满了向往，热爱被鲜花绿植包围。对她来说，与其花几万块买个爱马仕包包，不如种满院花草，安守四季阳光。

早年，雪梨和丈夫老七在西湖边开过一家青年旅社，起名柳湖小筑。虽然现在因物业的原因房子已被收回，但依然是很多人记忆里的黄房子，代表着那个年代的旅行方式——床位费是不贵的，客人们更多的是冲着一种氛围。而"小筑"也冥冥之中开始了自己的生根发芽。很快，就有了莫干山的"山中小筑"，那是雪梨夫妇唯一一处自己去找的房子，民宿刚刚萌芽的年代，神仙眷侣先人一步想要在山间小憩。然后就是夕霞小筑、庚村小筑，而小筑里则是其中唯一一个餐饮品牌。

那时候，雪梨正想着要做个"亮闪闪"的餐厅，正好饮马井巷区块全部整修完毕，准备招租。离当时的大本营柳湖小筑不远，也是好看的江南小房小院，便顺其自然地接了下来。

"吃"是一家餐厅最基础的部分，做得好看、好吃，是一套餐饮思路，从青年旅社餐，到山里民宿的农家菜，雪梨已经尝试过很多。小筑里的精致餐饮路线，雪梨有把握。相比之下，一家餐厅的"溢出部分"就各显其能了，能把一顿饭变成一段深入人心的记忆，是雪梨想要的深度。

这是经营者的立场。

站在消费者角度看，吃，只是感官的一部分，把味觉满足好了，还要关心一下眼睛和内心。这也解释了很多人把小筑里当成花店的原因——先看到满眼的鲜花，还有漂亮舒服的位置可以坐下来。如果是为了某一件值得纪念的事，那就更需要诚意的仪式感。

小心得：找到了房再开店

很多人都说找个房子很难，大概是事先设想和规划太过具体和完美，一旦与现实有落差就觉得还留有遗憾。但在雪梨这里几乎是反着来的，她从来不会为了开店而找房子，而是遇到了合适的物业，再决定开什么店。雪梨说，开店的思路因人而异，她的理念未必适合其他人，但却是能够掌握主动权并活得更简单潇洒的策略。

很多人都懂"附加值"这个道理，在认知方面可以说没问题；但是，如何给自己的产品增添附加值，关乎的又是另一个体系，是方法论。关键是从自己可以去把握的方向着手。对雪梨来说，她的强项是莳花弄草，花草自然就成了小筑里的附加值，对客人来说，花草又能怡情养眼。如果你的小店和你的同事没有特长，任何一项附加值的获得都需要费很大劲，那么，就老老实实地专注于本职工作。

也有人说，花草会不会喧宾夺主。在雪梨看来，如何去看待"主"和"次"一点都不重要，在一个花园里愉快地过上半天，才是她希望带给客人的完整体验。

餐厅秘诀别无二法

小筑里一直在杭州大众点评花式料理餐厅排名前五，也是携程美食林推荐餐厅。经典凯撒色拉配卡真鸡胸、越南虾春卷配泰汁、意大利蔬菜汤、松露野菌汤、日式三文鱼配海草照烧汁，你肯定要问雪梨，怎么这么好吃？她说："因为我只给客人吃我自己喜欢的东西。"看着她没有一丝多余肉的小脸，仙女一样的身材，你会相信她真的在精挑细选这件事上下足了工夫。开餐厅，狠狠把关原料后，才有资格谈论调料、摆盘等其他后续。

想开发越南菜系时，为了采购正宗的食材，雪梨特意去了趟越南。第一次吃春卷皮的时候，口感竟然硬到硌牙，硬着头皮嚼，发现旁边的当地人都在偷笑，之后才知道是需要蘸水食用的。所有的体验都是开餐厅前必要的准备，与其花大钱空降一个越南大厨，不如自己从头开始学。

为什么不胖

这算是个题外话，也是餐饮人的痛：如何才能天天和美食打交道但又不受到"工伤"？很多人觉得，做餐饮不发胖似乎是一件很难办到的事，每天要试那么多菜，站了一整天，歇下来的时候总要吃点好的。理由都对，但在雪梨这里则是：凡事要尝试，好吃的一定要尝，但不贪多。

和美食打交道，多少是有点儿天赋在里面的，像音乐，像画画，增一分多减一分少，对自己身材的控制其实就是对火候的把握。

户外露天花园一直是小筑里人气最旺的区域，空间不大，正好放得下一张长条桌，可以坐上十来个人，其余空间都被花草包围，花团锦簇、"仙气"缭绕。往外走就是人行横道，只有一道铁门，只在歇业时关上，正常营业期间连个屏风都没有，完全敞开。而这个城市，早就接纳了各种美美的创意，晚上这里有聚会时，里面的人只管嗨，外面的人走自己的路，偶尔望向这里，笑笑走过，两个世界完美并行。

雪梨擅长操持主题晚宴，敛翅之秋、小红帽之森林里的家、小栗子的晚餐……每一个参加晚宴的客人都会被事先告知着装要求，等到达小筑里的时候，雪梨已经将花园装扮好了。

就拿"小栗子的晚餐"来说，朋友绮爻是个插画师，她有一个"小栗子"的原创 IP，还因此开发了很多诸如胸针、T 恤等衍生品。那个夏夜，雪梨为大家操持了一桌花园丛林晚餐，花草的主色调是绿色和白色，为炎热夏夜注入了清新；到场的客人里有媒体人、设计师、作家等，事先都被发了邀请函，并要求着装为白色。来到现场后，先佩戴小栗子的胸针，红色或是黑色，正好在白绿浅色中跳脱出来。

因为主角是小栗子，当晚的所有菜式都以栗子为原料。

还有一次，好朋友刚刚代理一个红酒品牌，来问雪梨有没有推广的好主意。红酒配西餐，天然搭档，那就做一场红酒晚宴好了，"小红帽之森林里的家"就是以这个红酒品牌为主题策划的活动。

说是新品发布，还不够正式；说是朋友聚会，又带着一点儿主题；不去定义它，如果每个人的手机里都装满了最美的照片，就够了，这也是雪梨要从头忙到尾的原因，她要为在场所有人拍照片，现在还多了个爱好，拍视频。有时候忙到没时间换隐形眼镜，轮到自己出镜和朋友合影时，只能摘下眼镜，眼

神迷茫地看向镜头。

店开久了,大事小事都会被磨得平淡,但是每次用鲜花装点过所有的角落,挖掘了新品牌的特点来一场碰撞时,都会让雪梨有一种新生的感觉,而这些,是开一家餐厅的迷人之处。

雪梨有个学习的榜样,是 2001 年开业的西餐厅 Casita(カシータ),位于日本东京的涩谷区,因特色服务而声名远扬。不做任何广告,但年销售额却稳步增长,而且形成了大家的共识:有重要的晚餐就一定要去 Casita。

给女客人的咖啡做成爱宠卷毛狗狗拉花图案、13名工作人员举着牌子，上面写着"祝福你们婚姻美满"，都是一家餐厅在吃的基础上所做的增值服务，不刻意制造热点，只想给大家创造更多的快乐和惊喜。

小心得：如何深度做好一家店

那小筑里是靠场地费营生的吗？很多人会问，或者是收取更高的服务费？

在雪梨看来，举办聚会的最大好处是时刻怀有开放包容的心态。开门营业，最忌讳闭门造车，但凡有人来找你而你第一时间只想着收费，必然长久不了。

做生意，更多的是学习如何去做人，方方面面与人相处。到最后，会发现付出越多收获也会越多。

因为小筑里的特殊形态，雪梨还没有"连锁"的打算。一方面，现在还处在细心打磨餐饮体系的阶段。这是一个无止境的学问，不是说今天营收高就意味着管理稳定了；同时，小筑里的精髓是个性化私宴定制，它依赖人对人、点对点的沟通和摸索，尚不能批量化。

"也许机会合适的时候会适当做一点儿连锁，但一定不是那种大规模的。深度做好一家店对我们来说才是有乐趣和价值的。"

面对资本，雪梨觉得最佳的形态应该是"一家店滚出一家店"。如果店本身是健康的，面对淡季和危机就会从容一点儿。

"我个人认为，开店，就是琢磨个大家都喜欢的形态，认真研究客户心

理，满足客户的消费欲求，不断生出新的面貌和新的主意，才能一直让人喜欢。"

时常见到雪梨，一个人，左手提着花篮，右手捧着大束鲜花，从车里走出来，绕过红绿灯，跨过马路，来到店里，开始修剪枝丫，摆花造型。

媒体是小筑里的常客，到了约定时间，雪梨洗洗手，从花匠秒变成优雅的店主。比起很多小店挤破头想曝光和报道，雪梨这里则是反过来的，几乎是媒体主动上门。雪梨从不以"忙"为借口推辞，对她来说，自己打磨出好的内容，被人喜欢，传播给更多的人，是一种良性循环。

下午阳光好的时候，她要拍一段视频，这些天她在琢磨用十几秒的短视频教大家几个包花的简单招数。小而美，是她一直推崇的。

不在店里的日子，是雪梨为自己代言的工作场景——她是网易 2018 未来生活方式展策展人，也同时和借宿、滴滴打车、特斯拉和高端床品等各行各业有着定期的跨界合作。很多时候，每一次的露脸都不失为一种宣传，不花广告费的那种。

如果说这些都是想得起来的每日工作，那么，开列菜单、研究新菜、试菜、踩点买菜、拍照、做菜单设计、打印制作菜单、约人试菜、修修改改、插花、种花、种植物、修剪、浇水施肥、布置、拍摄、活动、宣传简直可以忽略不计，因为太常态了，周而复始，开店容易，做好守好一家店才是重点。

小筑里有二十多个员工，店不大，工作量都不小。别的餐厅，过了正常饭点就是大家休息的时间了，小筑里反而跟打仗一样，不光要招呼来喝下午茶的客人，还要为晚上的客人准备场地。

每一场活动都要征询过客人的喜好，活动的目的、喜欢的颜色、倾向的主题、菜式的偏好，做好方案、配套和预案——万一下雨了呢？客人来之前还会把照片拍好，给到第一好感，从某种方面来说，小筑里还是一个婚庆公司。

小心得：营造积极良好的工作氛围

"你怎么可以什么都自己做？""你是老板啊，自己做完了下面人做什么？"这种"指责"或是关心不时会听到，好像老板就应该站着指挥。

但对雪梨来说，无论是亲力亲为，还是员工协同工作，无形中都是在营造一种积极良好的工作氛围。有了正确的引导和熏陶，每个员工都可以非常优秀。她也会带员工去别家餐厅试菜、学习，大多时候话不用多，做就是了。

认识雪梨的人，都觉得她能量无限、充满精力。而对雪梨来说，这种能量不是天生的，也不是时时刻刻都能拥有的。每天醒来，她都会给自己一个暗示：今天也要做个大家都喜欢的大梨子啊！

从那个穿高跟鞋的霸道女领导，到一年四季平底鞋的女主人，女性这个身份可以凌厉，也可以柔和，容易被大家接受。

雪梨自称是幸运的"甩手掌柜"，家中有母亲帮忙照料女儿的基本日常，她和老七就可以腾出更多的心思在工作上。尽管如此，作为母亲，雪梨依然会尽力抽出时间陪伴女儿，创造更多的欢乐时光。每年暑假，一家人都会有一趟远行，雪梨笑称那个时候她都不敢发朋友圈，不想让人有"老板怎么在游山玩水"的误解。在她看来，用个人的言行去引导孩子的成长很重要。

Q&A

○ 今年是开店的第几年?

2017年6月开了小筑里,现在已经不经营的柳湖小筑、莫干山的山中小筑,还有宝石山的夕霞小筑都差不多十年了。

○ 如何找到房子的?

房子对我们来说是随缘的,不是想要的最好的那一种,那就宁可先不开,物业的好坏也很大程度上关系到这家店的成败。

○ 小店总面积多少?

大约有三百平方米吧,我们喜欢有花园和露台的物业,这样在公共空间上会更丰富。

○ 房子改造花了多长时间?

大约三个月。

○ 室内设计师是谁?

基本上是我先生负责前期的设计施工,我负责后期的软装和运营。

○ 改造房子花了多少钱？

大约两百万。

○ 线上和线下营业额大致配比如何？

我们会把重心放在体验感上，像小筑里这样，希望做一家有深度体验感的餐厅，所以我们的营收基本来自线下，这是线上不可替代的。但是，我们的获客渠道要依托于线上，现在的宣传，怎么可能离开互联网呢？

○ 一句话经营之道？

自己爱的才能让大家都爱上。

○ 疫情对小店影响大吗？

小筑里恢复得很快，也许越是隔离，就越是需要情感上更多的联系。而且，我一直认为，如果店本身是健康的，面对淡季和危机会从容一点儿。

○ 今后三年有什么打算？

我想要个属于自己的庄园，也许是酒庄，也许是农场，也许是酒庄和农场的混合体。

○ 对同样开小店的人有什么建议/忠告？

开一家店，无论大小，都等于生了个娃，天天月月年年就都绑进去了。想做好一家店，就要时时刻刻想着如何去经营，如何管理员工和调整细节，如何可以有更好的体验，深度挖掘一家店的可能性，都需要店主亲力亲为，是一门做不完的功课。

慢得刚刚好的生活与阅读